奉行と甲比丹

フェートン号事件始末記

もくじ

装丁画　赤間龍太
デザイン　ミウラデザイン事ム所
三浦秀樹

奉行と甲比丹《カピタン》

～フェートン号事件始末記～

一

北海から吹きつける海風は、すでに冷気を帯び始めていた。十月に入って朝晩はめっきりと冷え込むようになり、日増しに日照時間も短くなってきている。秋は足早に過ぎて行く気配だ。

空が白み始めるなか、私は背中を丸め、街中にクモの巣のように張り巡らされた運河沿いを、アムステルダム港が見渡せる『涙の塔』に向かって歩を進めていた。

十四世紀の初頭に船乗りの加護のために建築されたという旧教会の前を通りすぎると、ほどなく港の近くに、レンガ作りの古めかしい建物が見える。この塔というにはあまりにも低い三階建ての建造物は三角屋根をしているが、旧教会よりもずっと小さな造りで、十五世紀後半に建てられている。もともとは当時の市壁の防御施設の一部だったのだが、現在はその役目を終えて船会社の倉庫として使われている。私は港湾関係者に顔が効くので、今日ここに来ることは前もって伝えてあった。

入り口に立ちドアをノックすると、管理人であるルークという小太りな中年男が出てきた。

「お早うございます、旦那。約束どおり、三階は片付けておきましたよ。いやあ、それにしても、昨日いただいたブランデーは上等でしたね。あんまりうまかったんで、一晩で全部飲んでしまいましたよ」

ずいぶんと遅くまで飲んでいたのだろう、まだ目が充血し、胃が悪いのか吐く息からは朽ちた酒樽から発するような臭気がした。

「それはよかった。こんな朝早くから無理を言ってすまなかったね」

「いやあ、もし起きれなかったらいけないんで、昨夜はここへ泊りこんで飲んでいたってわけです。さっどうぞ」

ランプを手にしたルークに先導され、年季の入った木製の階段を昇る。二階には航海で使うロープや滑車、折りたたまれた帆布などの船具が乱雑に重なるように置いてあった。更に三階まで上がると、こちらは測鉛、鐘、舵輪などの小物が並べられている。そして、薄い光が差し込む方向の一角が片付けられていた。私はその窓ガラスの前に歩み寄った。

「ご指示通りに東側の場所を片付けておきましたが間違いなかったですかい？ ここへ上がった人は、反対側の海を眺めるのが普通なんですがねえ」

背後からルークが言った。彼の言葉はもっともなことだった。そもそもこの塔の名前の由来は、以前この場所が港の突端だったこともあり、船出する男をここから見送る女たちが涙を流した場所だったためと聞いている。現在は周りにもっと高い建物が増えたこともあり、ここから船を見送る者はもういない。

私もかつてそうやって見送られた一人だ。だが、弱冠まだ二十歳そこそこの私のために涙した女性は母だけであったが。

「ああ、これで結構だ。君、すまないがしばらく一人にしておいてくれないか……」

「分かりました。では、下でコーヒーの用意でもしてお待ちしております。ごゆっくり」

そう言ってルークは、おぼつかない足取りで下へ降りていった。私は薄汚れた窓に顔を近付けた。朝日を浴びながら、隣の建物の屋根で小鳥たちが戯れている。

本当ならこの方角に海洋が開けていればいいのだが、あいにくこちら側は内陸で、近くにはダム広場があり、その彼方には隣国のプロイセン（ドイツ）、そして広大なユーラシア大陸が遥か極東のアジアまで続いている。今、太陽はその方角から昇り、その陽光が街に漂う朝の冷気を和らげ始めていた。

私は上着の内ポケットから印籠を取りだした。金地に高蒔絵という技法により、雄鶏を見事に美しくかつ立体的にあらわした印籠だ。眼の部分には水晶まで施されている。作者の名前は忘れてしまったが、将軍家にも献上したことがあるという有名な蒔絵師の作品らしい。この印籠を入手した時に、年番大通詞の中山作三郎が羨望の眼差しを向けながら教えてくれた。

私が日本から持ち帰れた品はこれだけである。日本に滞在した十八年間に収集した他の書物や陶器、絵画などの貴重な荷は去年の春、帰路の途中に乗っていた軍艦が難破したために、インド洋で船体と共に海の藻屑となった。

我々多数の便乗者は、偶然的に現れたアメリカの貨物船に救助された。だが残念なことに、オランダ東インドの首府バタヴィア滞在中に私と結婚した身重の新妻は、難破による疲労が蓄積していたため、数日ののちに死亡した。私は掛け替えのない大切なものを一度に全て失ったのである。

私は朝日に向かい、数珠代わりに印籠の紐を絡ませた手のひらを合わせて目を閉じた。

「――松平奉行閣下、早いものであなたが高潔かつ鮮烈な死を遂げて現世から旅立ち、今日で十三回忌を迎えました。私は今でも、あの時のあなたのご英断に尊敬と感謝の念が絶えません。あなたは私たちオランダ商館員と、長崎に住む多くの人々の命を救ったのです。あなたを知る全ての者が、永久に深謝することでしょう。どうか、安らかにお眠りください。ナムアミダブツ、ナムアミダブツ……」

私は念仏を唱えながら頭を深く、静かに下げた。これでここへ来た目的の儀式は果たした事になる。しかし外の天候とは裏腹に、私の心は晴れてこなかった。生まれ育ったアムステルダムの地にいるというのに、まるで郷愁のような念が湧き起こってくるのだ。無理もない、長崎での生活は時間的にも私の人生の半分を占めるものであるし、またそこで暮らした波乱万丈の日々はどれも貴重であり、忘れ難いものだからだ。

　私は顔を上げ、印籠をポケットにしまうと踵を返した。一階まで下りると、フロアにコーヒーの香りが漂っていた。中央付近に置かれた小さなテーブルの上にカップが二つ置かれている。その前の椅子にはルークが肘をついて転寝をしていた。

「君、こんなところで寝ちゃあ風邪ひくよ」

　声をかけると、ルークは手の平から顎を滑らせ、目を瞬いた。

「あっ旦那、もう終わったんですかい。――すぐ、コーヒーを入れますんで」

ルークは立ち上がると、奥の炊事場からティーポットを持ってきた。中身をカップに注ぐと、湯気と共に香ばしさが立ち上る。港町だけあって豆はなかなか上物のようだ。私は椅子を勧められてテーブルに着いた。

「あの、旦那。ひとつ聞いてもいいですか？」

「うん？　何かね」

「はあ。昨日旦那から、この塔で祈りを捧げるんだって話を聞いてはいたんですが……その、すぐそばに立派な教会があるのに、なんでここからなのかなと不思議に思いましてね」

　私は一口啜ると、カップを置いた。

「ああ、それはだね……その祈りを捧げたい人物が日本人だったからだよ。それに、宗教も違うしね」

「日本って、旦那が何年も過ごしていたっていう、極東の国のことですね？」

「そうだ。よく知っているね」

「いやあ、港関係、いえこの街の者なら大抵の者は旦那の事は知っていますよ。以前我が国がフランスに屈して属国となり、国名がバタヴィア共和国やホラント王国となっていた間も、日本でオランダ国旗を掲げて商館を守り通し続けた人物がいる。ヘンドリック・ドゥーフ氏は真の愛国者だ、てね」

　なんだか尻のあたりがこそばゆくなる。もちろん私にも純粋な愛国心はある。しかし、当時出島でオランダ国旗掲げ続けたのにはもっと複雑で奥深い理由があったからだ。まったくの虚偽ではないにしろ、私は、オランダ商館を守るために長崎奉行を、いや将軍にまでも虚を突き通したのだ。

「旦那、今日はせっかくなんで日本の話をぜひ聞かせてくださいまし。そこは、酒や食い物はうまいんですかい？　女の抱き心地は？」

私は微笑を浮かべながらも困惑していた。この男の好奇心の旺盛さには感心するが、日本のことを話すとなると、コーヒーを何杯飲むことになるか分からない。私はズボンのポケットから懐中時計を取り出して時間を見た。

「ルーク君、すまないが私はこれから仕事があるので、この話の続きはまた今度にしようじゃないか。そう、酒でも酌み交わしながら」

ルークの目尻が下がり、口元が緩んだ。

「さようですか。またいつでも声をかけてくださいまし。お待ちしています」

私はもう一口飲むと礼を言って席を立ち、涙の塔を後にした。

外に出ると日はすっかり昇っており、日差しが目映かった。私は海や船を間近で見たくなり埠頭の方へ足を向けた。

帰路に海難事故で散々な目に遭って以来、船を見るたびにあの時の光景が脳裏に浮かび上がるので、しばらくは港に近寄りがたかった。だが出島で長年海ばかり眺めて過ごしていたせいか、いつしかまた頻繁に海を見ないと落ちつていられない性分に戻っていた。

私の現在の仕事は、オランダ貿易会社の重役である。出島の商館長だった経歴を買われ、帰国後すんなりとその座に就くことが出来た。経営者には、主に対アジア・日本との貿易に関する顧問としての手腕を期待されており、故に会社には毎日顔を出す必要はなかった。

倉庫が立ち並ぶ脇道を抜けると埠頭に出る。活気ある声が聞こえてきて目をやると、岸壁には大小の商船が横付けされており、あちらこちらで荷役作業が行われている。船員や貿易業者に顔見知りもいるようだが、追憶に浸りたい気分の私は少し距離を置き、扉が閉ざされている倉庫前の石段に腰を下ろした。

目の前に積まれた木箱には、イギリス製の綿製品であることを示す焼き印がある。最近になってようやくイギリスとの交易が公に再開されたが、私が出島に居たころはまさに憎き敵国だった。

当時イギリスと我が祖国を治めていたフランスとの間では、ナポレオン戦争の真只中であった。イギリスは、オランダに対しては本土を攻めるのではなく、オランダが有する東南アジアの植民地の接収や、東インド会社などの貿易船に攻撃を集中させた。これにはイギリスに亡命していたオランダ総督のウィレム五世が、これらの主権をフランスに奪われることから守るために、イギリスに引き渡す同意をしていたことによるものだった。

しかし、イギリス軍の態度はオランダを同盟国としてではなく、あくまでもフランスの属国として見なしたものだった。洋上でオランダ船を発見すると攻撃を仕掛け、拿捕や積み荷の略奪行為をするなど、敵軍としての横暴な振る舞いを見せた。そしてイギリスの軍艦、フェートン号がオランダ船を求めて長崎港に現れたことにより、私の日本での滞在期間中における最大の危機が起こったのだ。

頭上に海鳥の鳴き声がして見上げると、急に鼻がつんとしてくしゃみが出た。背筋に悪寒が走る。そうあの日、一八〇八年十月四日、日本歴では八月十五日の朝も、こんな風に体調が思わしくなかった私は、出島の甲比丹《カピタン》部屋と呼ばれる建屋内の寝室で横たわっていた。

季節の変わり目で昼夜の寒暖差が激しくなったせいか、私は風邪をこじらせていた。傍らには妊娠八カ月の日本人妻、ウルリーケ（瓜生野）が椅子に腰かけ、時折寝汗を拭ったり水を飲ませてくれていた。

ウルリーケは出島に出入りする丸山の遊女であったが、初対面からその日本人離れした美貌と、我々のような異国人に対する屈託のない振る舞いがとても気に入った。私は商館長の地位と財力を利用し、身請けして彼女を日本人妻とすることに成功していた。彼女は本名の土井ようにもどり、私が奉行所を通じて手配させた新大工町の新居に住んで両親も呼び寄せることが出来た。当時ウルリーケは二六歳、私は滞日八年になる三十歳であった。

二

朝食の後に商館医のフェイルケが出してくれた薬を飲み、少し眠って目が醒めた私は、ハンカチーフを持つウルリーケの手を握って日本語で言った。

「奉行所から何か知らせはないか？」

ウルリーケは首を振りながら「ネイ（いいえ）」と答えた。私はため息をつくと、今度は手を彼女の腹に当て、

「子は元気か？」

と尋ねた。ウルリーケは「ヤー、フッド」（ええ、いいわ）」と言って微笑んだ。私も目を細めて頷く。薬が効いたのか、幾分気分が回復していた。書棚の置時計はまもなく午前十時になろうとしていた。起き上がろうとした時、隣の事務室から呼びかけがあった。

「甲比丹、起きておられますか？　今しがた奉行所より、早急の返答を要する連絡が入ったのですが」

簿記役であるホゼマンの、少し上擦った声だった。本来なら私の正式な役職名は商館長（オッペルホーフト）なのだが、日本では南蛮交易時代からのポルトガル語である呼び名の『甲比丹』が定着しており、商館員らも便宜上、その呼称を使うことが多かった。

「ああ、すぐ行くよ。ちょっと待ってくれ」

私はウルリーケが用意してくれた執務用のズボンとシャツに着替えた。実はその三時間ほど前に、港外の遠見番から奉行所へ、洋式の白帆船発見との注進が入り、その一報はただちに私にも知らされた。本来ならその年初めてのバタヴィアからの入港船であり吉報であるはずなのだが、私には何か釈然としない胸騒ぎのようなものがあった。

普通ならばバタヴィアからやってくるオランダ船は、七月か八月の南西の風に乗って航海してくる。そして、秋口に吹き始める北東の風を待って出帆するのが通例である。また発見が明け方だった故に中国船との見間違いも否定できない。いずれにせよ、私の胸中には嫌な予感がふつふつと沸き起こっていた。

事務室へ入ると、腕組みをして椅子に座っていたホゼマンも私と同様のようで、複雑そうな表情を浮かべて椅子から立ち上がった。

「甲比丹、具合が悪いとお聞きしましたが、大丈夫ですか?」

「ああ、薬を飲んで休んだら少し楽になったよ。それで、どんな用件なんだね?」

「先ほど奉行所から甲比丹へ、今入港してくる船はオランダ船と思うか、との問い合わせがありました。奉行所の方でも季節外れの来航ということで、色々と疑念を抱いているようです。どうご返答なされますか?」

奉行所の心配は、オランダや中国以外の外国船であった場合の対処である。長崎奉行、いや幕府も含めて日本側がこのように神経を尖らせていたのには理由があった。

その時から四年前、この長崎へ特使ニコライ・レザノフと仙台藩の日本人漂流民四人を乗せたロシア軍艦ナデジダ号が突然来航した。レザノフはロシア皇帝の国書を携えており、日本へ通交・通商を求めた。

「私はロシア皇帝アレクサンドル一世の命により、江戸へ行き国書と献上品を将軍に奉呈したい」

その強固な姿勢に、幕府や長崎奉行が対応に困惑を極めた事例が発生していたのである。

長崎奉行は、ロシア側の要求を江戸の幕府に言上して指示を仰ぐこととするが、返答が届くまで日数が掛かる。それまで長崎に滞在して待つによう伝え、レザノフも了解した。

このとき私は前年に昇進したばかりの新米商館長だった。ロシアと日本側の折衝はフランス語とオランダ語で行われた。オランダ語でのやりとりは日本の通詞が行ったが、私は奉行所の命により立会人を兼ねてフランス語をオランダ語に訳する担当となり、何度かその場に同座した。だが、私を頼りにしていたのは奉行所というよりはレザノフの方だった。

彼は初対面の時に私へ、

「貴殿の橋渡し役に大いに期待する」

と言った。私は迷った。もし日本とロシアの間に通商条約が結ばれれば、祖国の国益は間違いなく衰退する。そして、出島のオランダ商館も……。私は熟考した結果、ロシア側に人道的な支援や協力は行うが、通商交渉については関与しないことに決めた。

更に正直に言うと、私は遠回しにロシア側に対する妨害工作も行った。長崎奉行当てに、これまで日本とオランダの百六十年にも及ぶ交易で構築された二国間の信頼関係を強調し、そして今後も日本の法令を順守し、双方の利益になるよう最大限努力する所存であること。つまり、今後もヨーロッパにおいては、オランダだけにこの特権を維持して貰えるよう認めた請願書を出した。

だが、私の心配など取り越し苦労だったかのように、日本側の態度も頑ななものだった。ロシア人に対する上陸許可も、レザノフからの船体修理や病人の手当を目的とした強い要望で、やっと一部の者に許可が下りたほどだ。しかもそれは、入港して二カ月後の事だった。

一国の使節に対するこのような扱いに、さすがに私も日本側の対応を胸の中で非難し、また危惧した。日本側もまた、ロシアという大国を軽視していたと言わざるを得ない。

結局レザノフはこのような状況で半年も待たされた上に、幕府から派遣されて長崎へやって来た目付けという高官から耳を疑うような返答を聞かされた。

それは、幕府は国書も献上品も受け取らない。日本はロシアとの通交、通商も結ぶ気はない。従ってロシア船はただちに日本を離れ二度と来航しないように、との絶望的な内容だった。

「なんという頑固で非礼な国だ」

レザノフら使節一行は失意と憤怒が渦巻く中、漂流民を引き渡して長崎を後にした。そしてレザノフは、日本へ対する腹立たしさを堪えることが出来なかった。帰りに宗谷や樺太に上陸して日本の警備力の貧弱さを知ったレザノフは、帰国後に皇帝へ武力による日本開国を進言し、翌年から樺太や択捉にある日本の番所を何度も襲撃させた。その報告は長崎にも届いており、幕府や長崎奉行はロシア船の本土襲来に深い懸念を抱いていた。　そんな中での季節外れの洋式帆船来航に奉行所は不安を隠しきれなかったようだ。

「ホゼマン、現段階では私にも判断はつきかねる。なぜならば確認した記録に、過去において九月二十九日に入港してきた事例があったからだ。もっとも、その船は途中で嵐に遭遇し、多大な犠牲を払いながら漂流同然でバタヴィアから三か月間かけてようやく長崎に着いたらしいが」

ホゼマンは眉を寄せた。

「三カ月もですと？　その話は初耳ですね」

「だろうね。なにせ、百六十年前の一六四八年の事だからな」

ホゼマンは唖然として言った。

「そんなに昔の事とは……。分かりました。可能性の一つとして、それも伝えておきます」

「うむ。だが、くれぐれも警戒は怠たらないよう進言しておいてくれ。沖の船は、そろそろ港口のカファロス（伊王島）付近に達する頃だろう。メインマストに掲げた国旗が祖国のものであることを祈るだけだよ」

正式にいえばその時、オランダという国は存在しなかった。いや、すでに私が来日する数年前には、フランスに占領されて属国となり、国名はバタヴィア共和国となっていた。

私が所属していたオランダ東インド会社も混乱と経営悪化により、私が初来日した年の一七九九年十二月三十一日をもって解散し、バタヴィア政庁の管理下に置かれていた。しかし日本との交易は、出島の商館を含めてオランダ名義で細々と継続されていた。

　更に去年、バタヴィア政庁からチャーターされて長崎へ来港した中立国のアメリカ船の船長によれば、前年にナポレオン皇帝の弟、ルイ・ボナパルトを国王とするホラント王国へと移行したということだった。つまりそれは、フランスの支配力が増し、その結果イギリスとの摩擦が拡大することを予想させた。

　オランダ風説書というものがある。それは幕府の命で、バタヴィアからやって来た船から最新の世界情報を聴き、それを商館長が文書にまとめ上げ、オランダ通詞が日本語に訳して毎回幕府に提出するものだった。だが、私を含めた歴代の商館長は、自国に都合の悪いことは、ほとんど書いていない。

　ナポレオン戦争下でのオランダの状況についても、総督のウィレム五世のイギリス亡命や、国名がバタヴィア共和国、ホラント王国となったことも知らせなかった。ただイギリスとフランスが戦争状態であることは早くから報告し、近国であるがゆえ軍事的に干渉があり困惑しているなどと、簡単で曖昧な説明にとどめていた。

　そのような事情で、私の胸中に湧き起こっていた不安は日本人とは異なっていた。仮に沖に見える船がロシア船ならば、私はまた四年前と同じく傍観者に徹すればすむだろう。また戦争中のフランスの船が、わざわざ国交のない未知な国、日本へやってくるとも思えなかった。日本と交易を行う難しさはヨーロッパでも広く知られている。

最悪なケースは、それがオランダ船の拿捕を目的に来たイギリス軍艦であった場合である。もしかすると、彼らはついでに日本に通交・通商条約を持ち掛けるかもしれない。そうなると日本まで巻き込む一大事となり、混乱を来す恐れがあった。

そして何よりも、これまで日本にひた隠してきた祖国の低落ぶりが暴露されてしまうことが気懸りだった。そうなれば出島のオランダ商館の権威と信頼は失墜し、交易は打ち切られ、虚偽を続けていたとして我々商館員もイギリス側に引き渡されるか、もしくは日本で裁かれることになるかもしれない。

私はまた頭痛がしてきて渋面を作り、こめかみを押さえながら寝室へ戻ると、服を着たまま倒れるようにベッドに横たわった。心配そうな面持ちで、濡れタオルを額に乗せてくれるウルリーケの手を握って私は頼んだ。

「また薬がほしい。ドクターを呼んでくれ」

しばらくして、フェイルケが薬を持って部屋を訪れた。私はウルリーケに、両親の居る家に戻るように指示した。しかし、今朝からの異変を察していた彼女は、なかなか帰ろうとしなかった。私は日本語で、

「心配ない。何かあればお前たちも、私も、奉行所の役人が助けてくれる」

となだめた。ウルリーケは頷き、目を潤ませて私に長いキスをして出て行った。

「なかなか献身的で、情の深い女性ですね」

フェイルケが私の脈を取りながら言った。

「彼女と今度生まれる子供は奉行閣下にお願いし、ずっと私の目の届く所に置くつもりだ。日本の法で国へ連れて帰れないから、せめてここにいる間は精一杯のことをしてあげたい」

実は私にはそれより七年前に、園生という遊女との間に女の子が生まれていた。その子はおもんと名付け出島で大切に育てていたが、七歳になったころ、奉公年限が切れて生家に戻ることになった園生と一緒に出て行ってしまった。

その後まもなく出会ったのが、瓜生野ことウルリーケである。

「ところでドクター。君は沖の船についてどう思っているかね？　正直に話してほしい」

フェイルケは私から視線を外すと、顎をつまんでしばらく沈黙した後、口を開いた。

「私は、バタヴィアの船である期待をまだ捨てていません。ただし、昨今の情勢から去年のように、オランダ国旗を掲げたアメリカなど、中立国のチャーター船である可能性が高いと思いますが……」

「ほう。では、入港時期がこんなに遅い理由は何と考えるかね？」

「それは嵐に遭遇したか、またはイギリス船からの妨害を予測して時期や航路を変更したことなどが考えられます。でもまあ、今はとにかく、あまり心配せずに休んでいて下さい」

彼も決して楽観していた訳ではあるまいが、医師として病人の私を気遣っていたのだろう。

そこへホゼマンが商館の年番大通詞、中山作三郎を連れてやってきたので、私は再びベッドから這い出て、重い足取りで事務室へと移動した。作三郎は真新しい羽織袴を着ていた。その表情に不安を抱いている感はなく、笑みさえ浮かべていた。バタヴィアからの船は長崎の町を活気づかせ、存分に経済を潤す。さらにその第一線で新しい文化や世界情勢にも触れられる彼らもまた、我々と同様に首を長くして来航を心待ちにしているのだ。

「甲比丹殿、入港船が伊王島付近に達したとの事です。御奉行より、慣例に従って商館から二名の代表委員を選出し、奉行所の検使達と共に沖に派遣するよう沙汰がありました」

慣例とは『旗合わせ』といって、簡単に言えば入港してきた船がオランダ船か否かの確認をする諸作業である。

「分かりました。ただちに準備いたします」

私は返答し、傍らのホゼマンに言った。

「いよいよ国籍がはっきりする時が来たな。ご苦労だが、旗合わせには君と助手のスヒンメルに行ってもらう。よろしく頼むよ」

「分かりました。朗報を待っていて下さい」

その後私はホゼマンに、船長へ渡す入港時の注意事項を書いた手紙を託した。さらに、もしオランダ船もしくはバタヴィア商館のチャーターでなかった場合は、直ちに日本の検使役人に伝えるよう指示を付け加えた。

ほどなく出島近くの海岸に、二艘の和船とたくましい漕ぎ手らが用意された。二人の代表委員は通詞三名と、別の船には二名の検使がそれぞれ分乗した。他にも通信船が随行し、船団は午後二時ごろ港口へ出発した。

私は商館の物見台に上がり、望遠鏡でその様子を眺めていた。港内は、まだいつも通りの平穏な光景を保っていた。多数の和船が行き来しており、左手の唐人屋敷の近くでは、黒塗りで、横から見ると鳥が翼を広げたような独自の船形をした唐船が三隻繋がれていた。

このときすでに来航船の情報は長崎市中にも広がっており、気がつくと商館付近の町もにわかに活気立っていた。小高い場所には人が集まっている様子も見て取れた。庶民にとってもオランダ船の入港は、秋のくんち祭り同様の心躍る関心ごとなのだ。

検使や委員が戻るのは夕刻になると思われたので、私は一旦休息することにして甲比丹部屋へ戻った。途中、調理人から晩さん会の準備について確認を受けたので、私は期待を込めて了承した。

悶々とした中で時間は経過していった。私は時々ベッドから起き出しては部屋の窓から望遠鏡を覗いた。だが、船影はまだ見えなかった。ほかの商館員たちも落ち着かない様子で、受け入れ準備の再確認や調理場の手伝いをしていた。そして夕方近くになって私の元へ、簿記役ブリンクマンが足早にやってきた。

「甲比丹、入港船はまもなく投錨地であるパーペンベルグ（高鉾島）付近に到達する模様です。入港手続きが終わり次第、礼砲を撃ちながらたくさんの曳き船と共にこちらへ来るのですね」

ブリンクマンの顔は喜びに満ちていた。無理もない、皆その年はもうバタヴィアからの船をあきらめていたところだった。たとえ祖国がフランスの属国になったとはいえ、日本への輸出品である羅紗やビロード、砂糖などのほか、家族からの手紙など故郷の香りのする品々も一緒に運んできているはずだからだ。

「うむ。そろそろ一足先に通信船の一便が戻っている頃だろう。よし、通詞部屋へ行って情報を得よう」

私も幾分、胸の支えが取れてきていた。それまで奉行所より何の知らせもなかったということは、私の取り越し苦労だった可能性が高いと思われたからだ。私は上着に袖を通すと、頭痛を忘れ外へ出た。

三

通詞部屋は出島西側の水門近くにあり、この一帯には甲比丹部屋や検使部屋、出島乙名部屋など交易に従事する役員らが使用する部屋が立ち並んでいた。通詞部屋の隣に建つ料理部屋からは、いつもに増して、肉や魚を焼く香りが辺りに漂っていた。

通詞部屋は、小さいながらも二階建てだった。入り口の土間に多数の草履が並べられてあったが、一階の詰め所に人影はなかった。

「甲比丹です。通信船からの報告を聞きにまいりました」

と私はオランダ語で声をかけ、靴を脱ぎ二階へと上った。階段脇の座敷のふすまは開けられており、中には作三郎や年番小通詞の末次甚八ほか、通詞目付の茂伝之進、大通詞の石橋助左衛門、名村多吉郎など、主立った顔ぶれが円座を組んでいた。しかし、その雰囲気は重苦しかった。私はお辞儀をして言った。

「通信船の第一便は戻りましたか?」

私の問いに一同は顔を見合わせ、作三郎がゆっくりと立ちあがって口を開いた。

「ええ、さきほど戻りました。しかし、なんとも詳細に欠ける報告でしてね……」

作三郎は歯切れが悪かった。

「いったい、どういう内容だったのですか?」

「はい。まず、主帆柱に掲げてある国旗はオランダのものだということです」

「おお、そうでしたか」

私は喜色を浮かべた。しかし作三郎は物憂げな表情で続けた。

「しかし、それは遠見番の船が近づいてやっと掲げたということらしいです。しかも、船尾や他の帆柱には何の旗も見当たらない。甲板上の船員も、入港を喜んでいるというよりは、やたらに周囲を警戒している様子で、とにかくこれまで来航してきた船とは何か雰囲気が違う、そのような一報なのです」

一瞬どきりとしたが、それはアメリカなどの中立国のチャーター船である可能性も秘めていた。船も乗組員も、日本へ初めての来航ならば戸惑うことも多いだろう。だからこそ私はホゼマンに、船長へ渡すための注意書きを認めた手紙を渡していたのだ。

チャーター船の使用については、一部分ではあるがナポレオン戦争の影響を知っていた奉行所からも暗黙の了解を得ていた。ただしその場合でも、あくまでオランダ国旗を掲げて、オランダ船として同様の手順で入港してこなくてはならない。私も不安げに答えた。

「仮にチャーター船だとすれば、そのように見えてもいたしかたないと思いますが……」

「我々の危惧していることについては、ご理解いただけていることと存じます」

やはり奉行所側は、ロシア船であるかもしれないとの不安を抱いている様子だった。作三郎が体調不良の私に気遣うように言った。

「とにかく、次の通信船が戻ればはっきりとするでしょう。今度はすぐにお知らせに参りますから、それまで休まれていて下さい」

私は謝意を口にし、甲比丹部屋へ戻った。部屋の前には商館員らが全員集まっていた。

「甲比丹、何か分かりましたか？」

「やはりバタヴィアからの船ですよね？」

十名足らずの商館員たちは、私を取り囲んで面々に質問を浴びせた。私は入手したばかりの少ない情報を伝えた。掲げてあるのがオランダ国旗と聞くと、歓喜の声が上がった。フェイルケが私の肩をぽんと叩いた。

「やはりチャーター船のようですね。ロシア船なら、そんな手の込んだことはしませんよ」

「甲比丹、おめでとうございます。今夜は派手に祝いましょう。そうだ、遊女もたくさん呼んではいかがでしょうか？」

言ってブリンクマンが破顔した。私がまだ安心するのは早いと、商館員達をたしなめようとしたときだった。

「甲比丹殿、大変です。たった今、代表委員の二人が入港船の短艇に拉致されたとの知らせが入りました」

声の方に振り向くと、作三郎と甚八が慌てた様子でこちらに走り寄って来る。私は、心臓を鷲掴みにされたような感覚に見舞われた。

「拉致とは……何かの間違いではないですか？　先方に招かれて乗船したのではないのですか？」

作三郎は息を弾ませ、首を横に振った。

「短艇の船員は剣を抜き、脅しをかけて強引に二人を連れ去ったとの事です」

「相手の国籍は？　オランダ国旗を掲げていたはずではないのですか？」

「国旗はオランダで、オランダ語で話しかけてきたので安心して船を寄せたそうです。詳しくはのちほど話があると思います。私は上役から、さしあたりどこの国の船か、心当たりを甲比丹殿に聞いてくるよう言われた次第」

周りは先ほどまでとは打って変わって静まり返り、私は注目の的となった。喉に異物でも詰まったかのように、私は声を押し出して言った。

「バタヴィアからの船でなければ、恐らくイギリスの船……しかも、軍艦かと思われます」

作三郎は首をかしげ、目を瞬いた。

「イギリスの軍艦ですと？　もしやロシア船のように通商を求めてきたとお考

えですか？　仮にそうだとしても、なぜオランダ国旗を掲げ、商館員を連れ去ったりしたのです？」

私は視線を泳がせながら、どう答えてよいか思いを巡らせたが、もはや嘘を突き通すのは困難であり、誤魔化すほどに事態は悪化するものと判断した。私が言葉に詰まっていると、背後から落ち着きのある太い声がした。

「中村殿、立ち話では甲比丹殿も言いづらい事もありましょう。部屋に上がられては如何ですか？」

あとから来た名村多吉郎だった。彼は私にも分かるようにオランダ語で言った。彼も通詞として第一人者であり、レザノフ来航の折も適確に役目をこなし、活躍を見せた。

通詞三名と私は、甲比丹部屋二階の応接室のテーブルに着いた。奉行所側にとっても緊急事態であり、彼らにも焦りの色が見えた。

作三郎が、扇子をぱちりと鳴らして言った。

「甲比丹殿、この話は御奉行にも速やかにお伝えしなくてはなりません。お考えを率直に話して頂きたい。なぜ、外国船の国籍がイギリスだと思われたか？」

私は額の汗を手の甲で拭って言った。

「それは……現在、イギリスと戦っているフランスとオランダの関係は、言わば同盟国のようなもの。イギリスにとってはオランダも敵国同様なのです。したがって、今回はオランダ船の拿捕の目的で来航したものと思われます。もともとイギリスという国は、野蛮な海賊国家であり、そして侵略国家なのです」

祖国がフランスの属国であるとか支配下という言葉は、まだ使いたくなかった。

「では、拉致の目的は何とお考えか？」

多吉郎が眼光鋭く尋ねた。

「入港しているオランダ船の確認や、出島の商館に関する事などの情報収集。それに、人質として今後、色んな交渉事に利用するのかもしれません」

「人質ですと？　それでは、成り行き次第では代表委員二人の命が危ういではないですか」

若い甚八が身を乗り出して言った。

「軍艦となれば、ここ長崎港の警備力も聞き出しているかも知れぬな……」

腕組みした多吉郎がぽつりと言うと、作三郎は血相を変えて立ちあがった。

「甲比丹殿、他に何かご意見はおありか？　なければ私達は直ちに、この件を御奉行の元へ申し伝えに向かいますが」

「私に今考えられるのは、これだけです。しかし、絶対の自信はありません。現時点では、あくまで私の憶測と言うことに……」

通詞ら三人は私の言葉が終わらないうちに席を立ち部屋を出て行った。階段を下りながら彼等は日本語で「大変じゃ、エンゲレスと戦になるやもしれぬ」「いや、まだオロシヤの公算も残っている」などと口々にしていた。

私は全商館員を応接室に召集し、先ほどの通詞との会話内容を話した上で、緊急時の心構えと指示を与えた。

「諸君、まだイギリス船とは決まってはいないが、最悪の事態を想定して非常持ち出し品や避難場所を説明しておく。有事の際は速やかに行動をとってもらいたい」

私は初代将軍、徳川家康が発行した貿易許可の朱印状が納められている樟木の箱と銀器などの貴重品を集めて、いつでも持ち出せるよう命じた。更に晩さん会の用意を中止させ、手の空いた者を物見台に見張りに立てた。

避難場所は、おそらく出島からほど近い西御役所になるだろうと話した。長崎には火災による焼失を考慮して奉行所が二か所あり、通常奉行は、あとから建てられた広い敷地の東御役所の方に居た。しかし、いずれにせよ我々は奉行の許可が出なければ、出島から一歩も出ることは出来ない。

日没が迫った午後六時過ぎ、見張り役の若い商館員が声を張り上げた。

「甲比丹、見えました！　来航船が神崎の影から姿を現しました」

私は物見台に駆け上がり、望遠鏡を取り上げて覗き込んだ。まだかなりの距離があったが、その船のメインマストには三色のオランダ国旗が、西日を浴びてはためいていているのが見て取れた。だが遠目ではあったし、砲門が閉じられていれば軍艦も商船も外見に大きな違いはないので判別はつかなかった。そして間もなくその船は、小ヶ倉村沖に投錨したようだった。私は思わず目頭が熱くなった。

『あれは祖国の船だ。拉致というのは何かの間違いで、実は代表委員は招かれて乗船したのだ』と胸の中で叫んだ。

しかし、私の望みはすぐに打ち砕かれた。多吉郎が代表委員拉致時に現場に居合わせた通詞の吉雄六三郎を連れて詳細を説明しにやってきたのだ。それによると旗合わせに向かった船のうち、通詞と代表委員を乗せた船は行き脚よく先行し、菅原保次郎、上川伝右衛門の両検使が乗った船は遅れを取っていた。先に来航船に近付いたホゼマンが、甲板の船員に向かってオランダ語で同国の船かと尋ねると船員らは手を振って応えた。

やがて来航船の舷側より一艘の短艇が下された。その艇には十名ほどが乗りこんでおり、委員らが乗る船に漕ぎ寄せてきた。やがて艇長らしき人物がホゼマンに「オランダ商館の方か？」とオランダ語で尋ねた。ホゼマンが、

「そうです。本船はバタヴィアから来たのですか？」

と聞き返すと、それには答えず、

「商館員のお二人は、この艇に乗り移って一緒に本船に来てください」

と言った。ホゼマンは、

「いえ、我々は奉行所の検使役人と行動を共にせねばなりません。検使が乗っ

た船は少し遅れていますので、お待ち願いたい」

言いながらホゼマンは、時間にして五分ほど遅れて向かってくる和船を指した。すると船上から何かの合図が送られ、いきなり短艇の数人が隠していたサーベルを抜き、威嚇しながら和船に接舷して乗りこんできた。そして両委員を脅し、腕づくで短艇に移乗させた。

四

このとき通詞二名は海中に飛び込んで難を逃れ、残る六三郎は後から来た和船に飛び移ったとの事だった。その後、通詞達の意図を問いただす懸命な呼びかけに来航船からは何ら返答はなく、二艘の和船はほうほうの体で戻ってきたとの事であった。まだ興奮冷めやらずといった感じの六三郎は、よく聞き取れないほど早口で更に続けた。

「検使のお二方は、直ちに御奉行に報告に行ったのですが、御奉行はオランダ人が拉致されたことに大変驚き、また激昂されて大喝されたそうです。それはものすごい剣幕で、すぐさま現場に戻り、拉致されたオランダ人を取り返してくるまでは帰ってくるなと……」

言って六三郎は、目を伏せて頭を垂れた。地役人の通詞とはいえ、武士と同様に帯刀していた彼も、強く責任を感じているようだった。私は六三郎に尋ねた。

「短艇の船員たちは、オランダ語以外の言葉を話していませんでしたか？」

「はい。オランダ語を話したのは一人だけです。他の船員の会話は聞き慣れない言葉でした。……以前、レザノフ来航の際に耳にしたロシア語やフランス語とも違う気がします」

　私と多吉郎は顔を見合わせた。どうやら不安は的中しそうな気配だ。そこへ作三郎がまたも慌てふためきながら駆け込んできた。

「一大事です。来航船より三艘の短艇が下され、港内に侵入してきたようです。乗組員らは銃や剣で武装しており、また艇には小型の砲も積まれている様子とか。先ほど御奉行より、戦支度の命が発せられました」

　私は衝撃で言葉が出なかった。視界がゆがみ、胃に絞られたような痛みを覚えた。

「また御奉行から、全商館員の避難命令が出ています。最小限の貴重品のみを持ち、我々と共に直ちに西御役所へ移動してください」

　私は了解し、外に居る商館員らに伝えようと、震える手でカピタン部屋の二階の窓を開けた。彼らはすでに他からの通報で、打ち合わせ通りに非常時持ち出し品を携え、部屋の前に集まっていた。そして私は辺り、いや長崎市中の異様な雰囲気に息を飲んだ。

闇から怒号や悲鳴が聞こえ、たいまつの火が山中や郊外に向かって続いているのが見えた。狭い町である。おそらく来航船がオランダ船ではなく、ロシア船が攻めてきたなどの噂が急速に広がったのであろう。私は身重のウルリーケが気掛かりになった。

「中村さん、ウルリーケは大丈夫でしょうか？」

「ええ。ちゃんと奉行所に保護を具申しておきましたからご心配なく。さあ急いで下さい」

私達商館員は総員退去となった。緊急のため、非常持ち出し品以外は着替えさえ準備する暇もなかった。私は無意識に手にしていた望遠鏡だけが持参品となった。我々はめったに出入りが出来ない表門から出島を出た。陸地へ通じる木製の短い橋を渡ると、西御役所は眼前の小高い土地に威風堂々と建っている。

長崎は幕府直轄の天領であり、城はなく藩主もいない。したがって幕府から派遣された長崎奉行が司法や行政、そして外国貿易を統括する。また部下である与力や同心も江戸から派遣されてきた役人が任務に就いていた。しかし全ての役人を江戸から派遣するわけにもいかないので、その補佐役として代官や町年寄、乙名などで地役人を構成した。通詞も古くから長崎で世襲されてきた地役人である。

出島の周囲は所々に陣幕が張られ、かがり火が周囲を照らしていた。慌ただしく擶れ違う荷車の上には、土嚢や旧式の銃火器が乗せられていた。我々は石段を登り、正門から奉行所へ駆け込んだ。午後七時ごろだと思う。

我々は広い座敷に通され、そこで待機するよう命じられて畳に腰を下ろした。奉行所内外は騒然としており、緊迫感がひしひしと伝わって来る。間もなく私は、作三郎により奉行の元へと案内された。

長い廊下を歩いて奥の部屋に入ると、奉行は甲冑に身を固めて床机椅子に腰かけていた。

この時の長崎奉行は、前年の九月に着任した四十歳の松平図書頭康英である。それまでも私は何度か面会したことがあり、その教養深さと謹厚な人柄に好意と尊敬の念を抱いていた。私が正座して奉行の前に平伏すと、奉行は物柔らかに言った。

「甲比丹殿、安心されよ。ここにおれば商館員らの身は安泰である。そして、敵船に捕らえられたオランダ人二名は、奉行所の威信にかけて、必ずや取り戻して御覧に入れる」

作三郎の通訳を聞き終えると私は、「ははーっ」と日本式に、畳に頭が付くほど下げた。

奉行は咳払いし、声色を引き締めた。

「甲比丹殿に尋ねる。注進によれば、敵船から降ろされた三艘の小船は港内を漕ぎ回るのみで、岸に着けて陸に上がる気配はないとある。貴殿はこれを、どう思われるか?」

私は顔を上げた。

「それはおそらく、港内の水深計測を含めた偵察行為であると思われます。それ故オランダ国旗を掲げてある出島には、上陸する恐れがあるやもしれぬと危惧しております」

「うむ。だが心配はいらぬ。出島にも鉄砲隊や大筒を配置する手はずになっておるので、小船ではやすやすと近付けまい。更に各台場の大筒も、敵船を取り囲むように睨んでおるであろう。言わば敵は袋のねずみ同然」

　奉行は自信ありげに言った。当時長崎港付近には七か所の台場が設けられていたが、大砲はかなりの旧式であり、射程も破壊力も貧弱であると簡単に予想された。またそれを扱う武士の技量も実戦不足は否めず、最新の装備で百戦錬磨の欧州型軍艦には到底太刀打ち出来るとは思えなかった。

　私は一旦、商館員らの居る部屋へ戻った。夕食をとっていなかった商館員のために、質素な日本食が出されていたが、皆あまり喉を通らない様子だった。私は胃の痛みを和らげようと握り飯を頬張り、茶で流し込んだ。

　会話する者も少なく座敷はしんとしていた。たが、廊下からは騒々しい足音や大音声が絶えず、奉行所内は混乱が続いていた。

　十時ごろになって、作三郎より別室へ呼ばれ、三艘の短艇は引き揚げて行ったとの話があり安堵したが、内密の話として彼は顔を近付けて声をひそめた。

　それは、長崎港口両岸の番所には、近隣の筑前福岡藩と肥前佐賀藩が隔年交互に約一千名の番兵を派遣して駐屯し、警備にあたっているはずだった。しかしなんと、その年の当番である佐賀藩は、もう来航船はないだろうと独断でほとんどの兵を引き上げさせてしまっていた。残兵力は両番所合わせても百名にも満たない上に、責任者も不在との事だった。

奉行は、異国船との合戦や拿捕の準備を指示するため、長崎在中の佐賀藩聞役を呼び寄せて初めてその実情を知り、驚きと怒りで気色ばみ、身体を震わせていたと言う。

更に佐賀藩の聞役は、一千名の兵を常駐させるには莫大な費用がかかる。幕府からの援助はなきに等しいため、引き上げは致し方のない行動であり、またそれは福岡藩でも同様に行われているなどと弁明した。そして、その言葉の端々には高々二千石の旗本出身である奉行を軽侮した態度も見受けられ、それは一層奉行の憤懣を増幅させた。

この時、奉行所側では戦闘に参加できる武士階級はせいぜい百五十名程度であり、広い港内に展開させるにはあまりにも兵力不足であった。奉行はやむなく近隣諸藩へ、派兵要請の早馬を出した。

そうした作三郎の話を聞いているところへ多吉郎が顔を見せ、これから奉行の命により他の通詞や検使と共に和船で敵船へ向かうと告げてきた。その目的は、オランダ人解放の訴えと、隙あらば乗組員二名を拉致するためだと言い、緊張した面持ちで出て行った。

十一時ごろ、奉行は自ら見回りのために出て行き、一時間ほどで戻って来た。そして作三郎を介し、私達に状況説明があった。それによると、町年寄などの地役人が下検士達と共に出島や唐人屋敷、米蔵などの海岸線に建つ主要施設を厳重に警備しているとの事だった。そして敵船には現在、目立った動きはないが、逆にそれで奉行は非常に苛立ちを見せているとも言った。

深夜になり日付が変わろうとしていた。ほとんどの商館員は畳の上に横になっていた。季節は中秋であり、過ごしやすいのは幸いだった。私が残った握り飯をつまんでいると、フェイルケが茶の入った湯呑を差し出した。

「甲比丹、ご気分はいかがですか?」

「ああ。胃も頭も重いんだが、気が張っているせいか、目だけは冴えているんだな」

言って私は苦笑いした。フェイルケは自分も茶を啜ると、小声で言った。

「さきほど甲比丹が部屋を離れていた間、皆で話をしていましたが、もし来航船がイギリスの軍艦だとしたら、我々の身柄引き渡しを奉行閣下へ申請するでしょうか？　そして、仮にそうなれば、閣下はどう対処なさるおつもりでしょうか……」

私には商館員達が寝たふりをし、聞き耳を立てているのが分かっていたので、あえて強い調子で言った。

「そんな申請を受理するはずはないだろう。我々は今、長崎奉行所の保護下にあるオランダ国の代表、そう外交官でもあるのだ。奉行閣下は出島商館のオランダ人が拉致されたことに大変ご立腹され、また奪還に最善を尽くすとお約束された。私は、その言葉を信じる」

何人かが目を開けて身体を起こした。

「しかし、お言葉ですが甲比丹、外交官と言っても我々の祖国はすでに――」

「待て」

私はフェイルケの話を制止した。奉行所にはどこに、何人の通詞がいるか分からない。

「今は拉致された二名の事が最優先だ。無事に帰ってくるよう私も商館長として最大限の努力をする。だから皆も協力してくれ。頼む」

私は自然と日本人のように頭を下げていた。

誰からも反論や否定的な言葉は発せられなかった。そこへ作三郎の「失礼」と言う低い声がし、襖が少しだけ開いた。作三郎の後ろには面識のある奉行の秘書官、人見武右衛門の姿もあった。二人とも硬い表情をしていた。

「甲比丹殿、お話があります。先ほどの小部屋に来ていただきたい」

私は了解して立ち上がった。何だか嫌な予感がした。部屋に入ると作三郎は廊下に人気がないのを確認し、きっちりと襖を閉めた。

「今しがた御奉行より、支配勘定であられるこちらの秘書官殿へご命令が下りました。これより秘書官殿は人質解放の交渉をするために敵船へ向かわれます。一応、甲比丹殿の耳にも入れておくようお達しがありました」

「え？　先に交渉に向かった多吉郎さん達は駄目だったのですか？」

「いいえ、その一行はまだ戻ってはおりません。しかし、お奉行は人質解放の目処が立たずに相当焦っておいでの様子で、次々と指示を発せられます……」

作三郎にも困惑の色がにじみ出ていた。

「このような時に焦りは禁物です。朝になれば、なんらかの動きがあると思います。相手の出方を待つというのも、策の内ではないでしょうか？」

そこへ、秘書官が話に割って入った。

「お二人が何を話されているか分からぬが中村殿、早く密命の件について甲比丹殿にご意見を聞いてもらいたい」

浅黒く、切れ長の目をした秘書官は睨むような目付きをして言った。作三郎は重々しく口を開いた。

「実は、御奉行から秘書官殿への密命というのは、まず特使を装い友好的に単身で敵船に乗り込んで、船長との面談を願い出る。そしてそれが叶えば来航目的の尋問、また要求があれば善処するという内容の手紙を渡す。そのかわりに早急な人質解放を求め、もし船長がそれに応じない場合は……」

作三郎の喉が、ごくりと鳴った。

「隠し持った小刀にて船長を切り付けて殺害し、また秘書官殿にも、その場で直ちに腹を切れと。――そのようなご命令です」

私は目をむいた。

「おやめなさい、無謀だ！」

私の顔色を見て秘書官は言った。

「拙者は支配勘定方として、御奉行のお気持ちを察するに悲憤慷慨の思いである。その元凶となった敵船の船頭はもってのほか許し難く、その非道なる振舞いは死をもって償うに値する。この件は、拙者から上申したも同然。すでに覚悟は出来ております」

普段は沈着冷静な奉行も、また目の前に居るこの秘書官も平静さを失っていると思われた。私は作三郎に進言した。

「今の段階では人質を取った相手が有利です。せめてこちらも敵を包囲出来るほどの兵力を揃えてから交渉に当たった方が賢明です。応援部隊の到着はいつごろですか？」

「最も近い大村、諫早の両藩でも一両日、また佐賀藩なら優に二日はかかるでしょう」

私は応援部隊の到着まで時間稼ぎが必要だと思った。まずは奉行に、冷静さを取り戻してもらわなければならない。

「お願いです。私を今すぐ、奉行閣下に会わせて下さい」

作三郎も私と同じ考えのようで、すぐに奉行の居る部屋へ通された。奉行は軍扇を手にし、雅やかな陣羽織を着用して座っていた。私は平伏して陳情した。

「奉行閣下に申し上げます。此度のお怒りはごもっともでございますが、敵の船長を殺害するとなれば秘書官殿のお命は失われ、また我が商館員二名も敵に殺害されるのは必至となります。しかしそれでは、あまりにも代償が大きすぎます。どうかお考え直しください」

私は頭を下げ続けた。だか、奉行は何も言わない。私はなおも続けた。

「――閣下は私に、商館員は必ず取り返すとお約束になりました。商館員一同、そのお言葉に信頼を置き、また心の支えとしております。なにとぞ、なにとぞ哀れなオランダ人の命をお助け下さい。お願いいたします」

私は涙ながらに訴えた。やがて大息をつく音がし、奉行が口を開いた。

「あい分かった。確かに船頭を殺害すれば、報復としてオランダ人二名も同じ目に会うであろう。口惜しいが、今は取りやめよう」

私は胸をなでおろした。

「ありがとうございます。このご恩は、いつの日か必ずお返し致します」

「うむ。甲比丹殿におかれても、何か妙案があれば遠慮なく言ってもらいたい」

「ははーっ」

私が畳に頭を擦りつけていると、襖の向こうから多吉郎の声がした。奉行は交渉から戻った検使の代表と多吉郎を部屋に入れた。

「御苦労であった。敵と接触は出来たのか？」

奉行の問いに検使の与力が答えた。

「はい。我々が敵船に近付くと一艘の艇が下されました。その中に捕らえられていたオランダ人が一名乗っておりました。恐らく無事であることを我々に見せる事と、通詞をさせるためだと思われます。そこで来航の目的と人質解放の考えがあるか尋ねました。すると艇長らしき人物が、一旦船に戻り船頭に確認すると言って去った後、しばらくしてこれを持ってきました」

五

　検使は手紙を畳の上に差し出した。奉行は早速中身をあらためるように言い、多吉郎、作三郎、そして私の三人で取りかかった。それはスピンメルの筆跡だった。どうやら二人とも無事のようで安堵した。手紙は短文であり直ちに訳された。その内容は、

『ベンガルからの船が一隻来ました。船長の名前はペリューといいます。船長は水と全ての食糧品に事欠いており、それらを提供されるよう要請していま す』

　とあり、二人の署名もあった。

「ベンガルとはどこの国か?」

　奉行の問いに私は答えた。

「インドの北東部にあるイギリス、いや正確にはイギリス東インド会社が制圧して手中に収めた植民地です」

「ふむ。ではやはり敵船はエンゲレス船であり、オランダ船と商館員を捕らえるために長崎へやって来たということか？」

「はい。おそらく長崎からバタヴィアに戻る船を積み荷ごと拿捕するために、琉球付近で待ち伏せしていたのではないかと思います。しかし、一向に船影が見えぬために徐々に北上し、また長い航海により食糧も底をついてきたので、ついにしびれを切らし長崎港へ侵入してきたものと思われます」

奉行は作三郎の通訳に、合点がいったように何度も頷いた。私は更に付け加えた。

「商館員の話や偵察から、長崎にはオランダ船はいないと分かったでしょうから、せめて食糧だけでも調達しようとの考えと思います」

奉行は軍扇で膝を叩いた。

「愚か者め。薪水給与のみならば、正式に申し出れば法に従ってくれてやるものを」

「それが無法者国家、イギリスなのです」

「ならば尚の事、此度の蛮行は無礼千万、許し難い。焼き討ちで船ごと葬るが妥当である」

私はまずいと思った。奉行の怒りを再燃させては元も子もなくなる。

「閣下のご言い分、ごもっともでございます。しかしながら、まずは人質を取り戻す事を優先していただきたく存じます。その後は不肖私も、イギリス船の処分に際し誠心誠意、加担させていただく所存にございます」

「では甲比丹殿に尋ねる。薪水供与を行えば、間違いなく人質は解放されると思うか？」

「現時点ではまだ何とも言えません。これは第一の要求で、他にもあるかもしれません」

私はオランダ人全員の身柄引き渡しの要求が来るのを最も危惧していたが、その時点では口にしなかった。

「他にどのような要求が考えられるか？」

「一つ言えることは、これだけ手荒なまねをしたのですから、交易を求めてくることはないだろうと思います」

「求めてきたところで相手にはせぬ。幕府に聞くまでもない」

奉行は吐き捨てるように言った。

「しかし、探りを入れることは出来ます。この手紙の返事を書くのです。敵は食糧欠乏という困窮した状態ですので、今度はこちらからカードがきれます」

作三郎は通訳に苦労しながら奉行に伝えた。

「うむ。どのように書けば有効であるか？」

「まず、相手が譲歩しやすい交換条件を出します。すなわち、食糧は供給するので速やかに人質を解放せよ。また、他に要求があれば、解放する商館員にその手紙を託せと」

奉行は大きく頷いた後、眉を寄せて言った。

「しかし、これ以上の要求は呑めぬぞ」

「はい。あくまで人質が解放されやすくするための甘言です。人質さえ解放されれば、こちらが有利になります」

私としては、食糧を受け取り次第、敵船には直ちに港から出て行ってほしかった。交戦となればいかに日本のサムライが勇敢であるとはいえ、イギリス軍艦相手に勝ち目はない。

「私から一言よろしいでしょうか?」

私の後ろに座っている多吉郎だった。奉行は「申せ」と、許可した。

「エンゲレスと思われる敵の態度ですが、我々日本人に対しては別段粗暴な振る舞いはございません。御奉行にお叱りを受けた後、ずっと敵船の周りを小船で漂いながら解放を懇願しておられる二人の検使の方にも同様であります。どうかここはひとつ、穏便に……」

奉行は甲高い声で遮った。

「だからといってこのまま黙って返すわけにはいかぬ。オランダ人とて、奉行所の保護下にある以上は日本人と同等である。まして人質に取られ要求を突きつけられるなど、前代未聞の国辱である。――敵の処分に関して通詞に口出しは無用じゃ、控えておれ」

多吉郎は平伏して口をつぐんだ。奉行は食糧を与えることを承諾し、私に返事の作成を指示した。私は多吉郎と作三郎の立会いの下、敵船の船長宛てに、奉行に提案した内容の手紙を書いた。時刻は午前一時ごろだ。

「甲比丹、起きてください。敵に動きがあるようです」

ブリンクマンから声を掛けられ、私は浅い眠りから目覚めた。夜が明けたのか、障子が淡い光を通している。

「敵船の舷側に短艇が下されているようです。また港内を探索するつもりでしょうか？」

私は飛び起き、奉行所に許可を得て小高い庭から望遠鏡を覗いた。短艇から何か荷物を引き揚げているのが見えた。私は舌打ちした。

「夜中の内に近くの村に上陸し、人気がないのを幸いに食糧や目ぼしい品などを奪ったのかもしれん。海賊め」

後で聞いた話だが、敵船がいる場所からほど近い戸町番所からの報告に寄れば、敵は上陸したのではなく、昨夜の偵察時に短艇に積みこまれていた銃火器を、本船に戻している作業をしているようだとの事だった。

朝食後の八時半ごろ、再び望遠鏡で様子を見た私は愕然となった。なんと先ほどまでメインマストに掲げられていたオランダ国旗が、イギリス国旗、ユニオンジャックに変わっているではないか。私は作三郎を呼んで、直ちに奉行に知らせるように伝えた。

覚悟していた事とは言え敵国の旗を目の当たりにし、私は深い失望感に覆われた。間もなくして奉行の部屋へ呼び出された。向かう途中、廊下には奉行の怒声が響いていた。部屋には私より先に、近隣諸藩の聞役が首を揃えて平伏していた。奉行は昂奮状態にあった。

「大村、諫早の両藩へは昨日の内に派兵要請は伝わっているはず。すでに長崎へ向けて出立しておるであろうな？」

二人の聞役は返答に困惑していた。やがて年老いた方が口を開いた。

「合戦準備となると兵の招集は無論、さまざまな物資調達にも時がかかります。また知らせが届いたのは夜間故に、手間取っているものと思われます。今しばらくお待ちを」

「急ぐのじゃ、先ほど敵はエンゲレスと判明した。因ってあの船は軍船なるぞ。いつ大筒を撃ち放し、また兵が上陸してくるか分からぬ。我々は長崎奉行所、いや日本の面目にかけて、この地を死守せねばならんのだ」

聞き役らは平伏すばかりであった。と、奉行の鋭い視線が私に向いてぎくりとした。

「甲比丹殿、そなたの読みが当たっておったな……。そこで、あの軍船の兵力がどれくらいであるか、ご存知ならご教示願いたい」

私も廊下に平伏して答えた。

「あれはフリゲート艦と呼ばれる軍艦で、砲列甲板の長さは約二十五間、大砲は三十門以上搭載でき、兵員は三百人程かと思われます」

「三十門に三百人か。なかなか強力であるな」

言って奉行は唇を噛んだ。私は続けた。

「イギリス軍の大砲は射程が長く、また精度も高く威力があります……」

そこで一旦話を止めた。その部屋に居た賢明な重鎮達なら、それがどうような結果を招くか容易に想像できよう。

「しかし、あの船は今のところ砲門を閉じ、日本には敵意を示してはおりません。手紙の返事もまだ届きませんし、もう少し様子をうかがってはいかがかと存じます」

奉行はふっと乾いた笑いを浮かべた。

「これまでの所業は敵意を示したも同然であるがな。しかし、今は返事を待とう。こちらも手持ちの兵力では如何ともしがたい」

更に私は、着の身着のままで奉行所へ避難した商館員らが私物を取りに行くため、今のうちに一旦出島へ戻れないかと願い出て、それは許可された。

十一時に私達は多数の警護の下、出島へ帰った。出島では下検士らによる厳重な警備体制が引かれていた。外港に向けて設置されている水門の前では、扉ごとに一ポンド加農砲が砲車や砲架ではなく、土を詰め込んだ俵の上に据えられており、その脆弱さをさらけ出していた。

私達には十五分ほどの滞在しか許されなかった。すぐに奉行所に引き返して昼食を食べ終わったころ、作三郎から昨夜出した手紙の返事が届いたと知らせがあった。私は翻訳に立ち会い、奉行への報告に同席した。その手紙にはスヒンメルの筆跡で、

『尊敬する商館長閣下へ、

食糧品が船積みされたなら、われわれは直ちに解放されるはずです。艦長はこれ以上必要とするものがなく、そして閣下の友情に対し謝意を表するよう命

じられています。

閣下の下僕、Ｇ・スヒンメル』

とあり、その下に追伸が認められてあった。

『本艦は食糧不足による病人達がいるので、牛または山羊いく頭かを要求しており、それがなければ本艦は出発することが出来ない。

長崎投錨中のイギリス・フリゲート艦の艦長、グリットウッド・ペリュー』

奉行は読み終えると、怪訝そうな顔付きで私に尋ねた。

「手紙には、あくまでも食糧の要求だけを書いているようだが、これをどうとらえるか？　また食糧を与えるべきか否か」

「それは閣下のお望み次第でありますが、少なくとも食糧を渡さなければオランダ人の解放はないものと思われます」

「渡せば間違いなく解放されるのだな？」

「それは……相手は敵ですので完全なる信用は置けないと思いますが、手紙には艦長の署名もありますし、まずは水と野菜だけでも渡して様子を見るのもいかがかと存じます」

奉行の目に光が加わった。

「そうであるな。日本では牛や山羊などは食する風習がなく、オランダ商館員にさえ供給は難しい。その様に伝えて待たせておけば、時間稼ぎも出来る」

奉行は立ち上がり、秘書官に野菜類と水を用意するよう指示をした。また食肉の手配については、近郊の農家や出島、唐人屋敷で飼育されている家畜を買い取り、密かに集めておくよう命じた。

奉行所の西側に位置する大波止という和船の発着場には野菜や水樽が運び込まれ、数隻の小船へ積み替える作業が行われていた。

午後四時ごろに大きな動きがあった。ホゼマンが番所の役人と大通詞、石橋助左衛門に連れられて奉行所に現れたのである。彼は艦長から託された手紙を持っているという。私は彼が解放されたものだと確信し、作三郎と共に尋問を受けている奉行の部屋へと急いだ。

ホゼマンは慣れない正座をして、奉行の前に座っていた。私を見て立ち上がろうとし、傍らの助左衛門に止められた。私も側まで行って肩を抱きたかったが気持ちを抑え、微笑して頷くにとどめた。だが、私以外の者は厳しい顔付きだった。私は訝りながら平伏した。

「此の度は閣下のご英断により、とりあえずは一名が解放となりました。オランダ人上長として厚くお礼を申し上げます」

奉行は渋面を作った。

「解放ではない。この者は船頭との約束で、食糧と共に敵船に戻らねばならぬと言っておる。わしは二度と行く必要はないと申しておったところじゃ」

「え？　それはどういうことだ、ホゼマン」

ホゼマンは悲愴な表情を浮かべた。

「艦長は、私自身が食糧を持参して戻るように命じ、もし私が戻らなければスヒンメルの命はないと言いました。私は短艇で神崎の岩場まで送られ、そこで近くの番所に居られた役人と大通詞の石橋様に助けられたのです」

思惑通りにいかないもどかしさに、私は頭を抱えたくなった。奉行が軍扇で私を指した。

「今、別室にて通詞目付ほか数名で、この者が持ってきた手紙を訳しておる最中である。中にはエンゲレス語の文も入っておったとの事であるから、貴殿にも手助けして貰いたい」

　私と作三郎は別棟の座敷へ移動した。そこでは五人程の通詞が頭を寄せ合い慌ただしく翻訳にあたっていた。私の顔を見ると甚八が、

「甲比丹殿、英文の訳をお願い出来ますか？」

　と言った。私は了解し、短い方の手紙を受け取って空いている文机に着いた。その内容はいたって簡潔であり、商館員二名を私の命令で捕らえ、十月四日の五時以降抑留している。うち一人を上陸させるとあり、最後に艦長の署名があるだけだった。私がオランダ語に訳し終わったころ、通詞の間から嘆声が漏れた。それは異様な空気だった。

　私は妙に思い、許可を得てその手紙を手にした。それは英文の方よりやや長めであり、そこには、出来る限り速やかに食糧を送るよう要請が書かれ、そうすれば船は出港するともあった。そして、最後の一文に、私は胸を突かれたような強い衝撃を受けた。

『……もし彼（艦長）が食糧品を今夕以前に得られない場合は、彼は明朝までに、帆走してきて、日本の小船や唐船をすべて焼き払うつもりでいる。

艦長グリットウッド・ペリュー』

通詞目付の茂伝之進が、青ざめた顔をして言った。

「甲比丹殿、これは本気なのでしょうか？」

「ええ、おそらく……。でも皆さん、冷静になって下さい。手紙には、今夕までに食糧が得られない場合とあります。これからすぐに送り届ければ、十分間に合うのです」

「しかし、この文を御奉行が読まれれば激昂され要求は拒否、直ちに合戦へとなるかもしれません」

それは交渉決裂を意味し、敵船に残るスヒンメルの立場も絶体絶命となってしまう。私はしばらく考え、一つの案を提示した。

「皆さんへ内密の相談があります。打開策として、そして事を穏便に運ぶために、作成した翻訳文の中に焼き討ちの件を書かずに奉行閣下に提出されてはいかがでしょうか？」

通詞らは目を丸くして顔を見合わせた。責任者である伝之進が顔を強張らせて言った。

「公文書の偽造は通詞としてあるまじき行為。そんなことをすればここに居る全員が家録没収の上、死罪に処せられるのは必至です。甲比丹殿、あなたもただでは済まされない」

「もう時間がないのです。敵は食糧さえ手に入れれば、スヒンメルを解放して立ち去ると言っているのですよ。ここに居る者が承諾すれば、外部には漏れずに済むことです。簡単なことではないですか」

一同は押し黙ったままだった。私は業を煮やし、声を上げた。

「はっきり言います。私が最も恐れていることは、ここで武力衝突が起これば、日英戦争にまで発展する恐れがあるということです。しかも、以前風説書にも書きましたが、イギリスとロシアは友好国です。これを機にもし両国が連合艦隊を組んで攻めてきたら、日本の防衛力で太刀打ち出来るとお思いですか?」

私は、祖国が他国の支配によって衰退していく惨めさを訴えたかったが、それだけはまだ言えなかった。誰も口を開かず、部屋は静まり返っていた。庭にいる小鳥の鳴く声だけが、普段と変わらない響きで耳朶に触れていた。そこへ秘書官が顔を出した。

「おのおの方、御奉行が訳するのはまだであるかとお尋ねだ」

伝之進が、その場を取り繕うように言った。

「あっはい。これより清書し、お届けにまいるところでございます」

「清書は後でよい。出来ておるのなら見せよ」

秘書官を押しのけるように姿を現したのは奉行本人だった。我々は鳥肌が立つほど驚いた。奉行は仁王立ちし、低い声で言った。

「一刻も早く中身を知りたい。見せよ」

言われるがまま伝之進が膝をつき、日本語の下書きを差し出した。奉行は読み進むうちに目が血走り、額には青筋が浮き出てきた。そして読み終えると手紙を手放し、無言で床を踏み鳴らしながら立ち去った。秘書官は、落ちた手紙を拾い上げ一読すると、慌てて奉行の後を追った。

我々には、もうどうすることも出来なかった。私は奉行がどのような行動に出るか、恐怖にも似た不安に襲われながら、足取り重く商館員らが待機している座敷に戻った。

座敷にはホゼマンがいた。皆に囲まれ、悲喜こもごもといった様子で言葉を交わしていた。私が部屋へ入ると、一変して私に視線が注がれた。

「甲比丹、敵船の艦長はまだ二十歳そこそこの若造らしいですよ」

「奉行閣下は敵に食糧を渡すのですか？」

「敵船の通訳は、数年前にインド洋で捕虜になった、メッツェラールというカラカス生まれのオランダ人だそうです。そいつはすっかりイギリス人に溶け込んでいるって話ですよ」

私に対し、質問やホゼマンから聞いた情報が矢継ぎ早に飛んできた。私は両手を突きだし、皆を黙らせた。

「ホゼマン、私にも聞かせてくれ。艦長の目的は、本当に食糧だけなのだな？」

憔悴した顔付きで、ホゼマンが言った。

「はい。バタヴィアから来たポルトガル船の船員から、長崎にオランダ船がいるという情報を得ていたそうですが、偽情報だと分かり、随分と悔しがっていました」

ポルトガルは徳川幕府の初期に、それまで百年ほど続いていた交易権をオランダに奪われた過去がある。出島の商館も、元々はポルトガル人のために建てられたものだった。それ故に、オランダに対しては根強い敵意があるのだろう。

その後私はホゼマンから、拉致された時の状況や敵船の兵力及び艦長の人物像について尋ねた。それによると拉致された時の様子は多吉郎の話と一致し、船内では胸に銃を突きつけられ、若い艦長から尋問を受けたそうだ。ホゼマンらが今年はオランダ船の入港はなかったといくら言っても信用せずに艇を下ろし、自ら指揮して港内を偵察したのだという。

また敵船フェートン号の兵力は、乗組員三百五十名、大砲は二層甲板の両舷にざっと数えただけでも三十八門など、予想以上のものだった。艦長は若くして大佐だそうだが、おそらく貴族出身で、海戦や通商破壊で大きな手柄を立てた事のある人物なのだろう。

「甲比丹、早く食糧を渡す準備をしてもらい、私と共に敵船へ向かわせて下さい。でないと、スピンメルの命が……」

ホゼマンも必死の形相だった。その決意に打たれ、私も腹をくくった。日没までもう時間がなかった。なんなら私も同行し、艦長へ直接交渉に当たってもよい。その気持ちを奉行に直訴しようと思い立ったときだった。

「甲比丹殿、食糧運搬の用意が出来ました。甲比丹殿がよろしければ、ホゼマン殿の同乗も許可すると、御奉行からのお達しです」

秘書官と作三郎だった。私は肩の力が抜け、ほっと救われた気分になった。

「ホゼマン、すまないが頼んだぞ。今度こそ、二人揃って無事に戻ってくるよう祈っている」

私達は商館員らに囲まれ、固い握手を交わした。作三郎の話だと、検使、通詞も数名同行するという。また食糧については水と野菜類やのほかに、具体的に手紙に書かれていた食肉も届ける事になっていた。内訳は牛四頭に山羊十一頭、鶏十羽だったと思う。

奉行も、今夕までに届かない場合は、港内の唐船や和船を焼き払うと言う敵の威迫に屈した形であり、それは苦渋の決断だったに違いない。しかし、これで人質が解放された場合、奉行がどう出るかが気掛かりだった。

敵船は、早ければ夜明けと共に出帆する可能性がある。私にとっては、それが最良の形なのだが、奉行がこのまま黙って敵を見過ごすわけはないだろう。だが、仮に応援部隊の第一陣到着が早朝だとしても、それから作戦会議を開き、そして戦闘準備となると攻撃開始まで少なくとも数時間はかかる。しかも戦闘は、陸戦でない限り日本側の敗北は必至である。私は人質の商館員が無事に解放され、敵船が成果に満足し、速やかに長崎から出て行くことだけを願った。

ホゼマンが奉行所を出て行ったあと、座敷に夕食が運ばれてきた。昨日と違って一人ひとりに膳が用意され、小鯛の塩焼きやサケの入ったとっくりまで付いていた。慣れない手つきで箸を使いながら、それでも商館員らの食欲は、少しは回復したようだった。胃が満たされるとサケの酔いも重なり、ほとんどの者が畳の上に転がって眠った。私も座布団を枕にして横になったが、さまざまな事が頭をよぎり、なかなか寝付けなかった。

「……甲比丹殿、甲比丹殿」

耳に響く呼び声に目を開けると、作三郎が私の肩を揺すっていた。だが、頭がぼうっとしてすぐには起き上がれなかった。

「ホゼマン殿とスピンメル殿が只今戻りました。ついにお二人は解放されたのです」

「おお、そうですか！」

枕を蹴飛ばされたように目が覚めた。商館員全員らも一斉に起き上がった。二人は奉行所の高官らが揃った部屋で、事情聴取を受けていると言う。時刻は九時頃だった。

商館員らが肩を叩き合って喜びを噛みしめている所へ秘書官がやって来て、奉行からの祝辞を伝えに来た。それに対し、私も奉行への厚い御礼を述べた。他の役人も次々と私に祝辞を言いに来た。その恩情に、私も熱いものが込み上げてきた。

間もなくして釈放された二人が助座衛門に連れられてやってきた。商館員から歓声が上がり、若いスピンメルはもみくちゃにされた。

私は割って入ると、彼の両手を握って言った。

「スピンメル、怪我はないか？　時間がかかり、すまなかったね。さぞ不安だったろう」

スヒンメルは、わりと元気そうに答えた。

「いえ、尋問を受けた時以外は何て事なかったですよ。まあ、敵のボートに捕らえられたときに抵抗したもんだから、大事な帽子と靴を海に落としてしまったのが心残りですかね」

「おい、俺が昼間上陸させられるとき泣きそうな顔で『必ず戻ってきて下さい、どうか見捨てないで下さい』ってすがったのは誰だよ」

ホゼマンが悪戯っぽく言うと、スヒンメルも頭をかいて苦笑いした。そして、

「あっ甲比丹、これはお土産です」

とホゼマンが手に持っていた小包を自分に持ち替えて差し出した。ずっしりとした袋を畳の上で広げると、中からウィスキーが二瓶、コップ一つ、紙に包まれたビスケットが出てきた。

「これは、敵船から盗んできたのか？」

「いいえ。艦長の奴、食糧が届いたら急に態度が変わりましてね。ご機嫌顔で、我々が下船する間際にこれを持たせてくれたんです。帰りの船の上で一杯やれと」

そこで、その光景を船上で見ていたという助左衛門が口添えした。

「食料を得たことを艦長は大変喜び、御奉行と甲比丹殿に感謝の印として何か返礼をしたいと申しました。しかし、御奉行の許可が出ないと物品を受け取ることは出来ないと伝えると、それでは私達に夕食を振る舞いたいと言って応接室へ案内されました」

私は、艦長の言動に理解しがたいものがあった。人質を取り、港内を自ら偵察するなど大胆な所があるかと思えば、食料が手に入ったとたん子供のように無邪気に喜び、正直に感謝の意を表す。歳がまだ二十歳そこそこらしいので、若気の至りということなのか。

「しかしその席で艦長は、更に二艘分の薪と五艘分の水、そして二俵分の芋の追加を要求し、それらが届くまでは商館員二名を返せないと言いだしたのです」

私は頭に血が上り、思わず悪態をついた。

「まったく、どこまでも恥知らずの悪党め」

「検使役の方々が、希望する食糧は誓って明朝に必ず届けるからと必死に説得され、ようやく人質は解放されたのです。そして、我々は一刻も早く敵船から下りるべきだと判断し、食事は少し手を付けただけで、明日の手配があるからと言って退散してきたのです」

私はまた不安に駆られた。人質が解放された今、追加分を奉行は提供するのだろうか？　少なくとも敵は、朝までは現在の位置にとどまるだろう。その間に、あるいは追加食糧を運ぶ際に大胆な行動に出るのではないか……。助左衛門が、はっとした顔を作った。

「忘れておりました。御奉行より、人質となったお二人の話も踏まえて、今回の案件についての報告書を早急に提出するようにとのお達しです。加えて、それは幕府にも提出されますので、江戸においても理解されるほどに明瞭な内容とするよう、要望もありました」

私は少しほっとした。その時点で報告書を書けと言うことは、この件にこれ以上大きな進展はないだろうと推測出来たからだ。

人質の解放を受けて、奉行所内は少し落ち着いた雰囲気になった。深夜十二時ごろ、通詞職にも一時帰宅の許可が出て作三郎達も帰って行った。ただし不測の事態に備え、通詞目付の伝之進は残ることとなった。私は体調不良が回復せず横になりたかったが、寝ずの番の彼を気の毒に思った。それで夜直に付き合うため、通詞部屋で報告書の作成内容について茶を飲みながら話をしたりしていた。

夜中、多分三時ごろだった。二人が文机に肘をついて転寝をしているところに秘書官がやってきて、我々に奉行の下へ来るよう指示があった。驚くことに、奉行も秘書官も休んではいなかったのである。私は再び暗雲が立ち込める気配を感じ、足取りが鈍くなった。

昼間と同じ部屋に通されると、奉行はまだ甲冑を脱いではいなかった。一昨日から寝るどころか、ろくに休息も取っていないはずである。傍らの秘書官や重鎮らも同様のはずだった。奉行が充血した鋭い目で私を凝視した。

「甲比丹殿、近隣諸藩からの藩兵到着は早くても昼ごろになりそうじゃ。しかし、今は敵には都合のよい東風が吹いておるので、船は朝のうちに出帆する可能性が高いと見ておる。たとえこちらが追加の食糧供給を引き伸ばしても、風向きの方を優先するのではないかと話しておったところじゃ」

「私も同感にございます。そしてそれは、双方にとって好都合かと存じます」

奉行の顔色が変わった。

「何を言われるか、こちらには不都合じゃ。何度も申してきたが、このまま無傷で出帆させる訳にはいかぬ。かと言って現状ではなかなか妙案も浮かばぬ始末。そこで、貴殿の知恵を賜りたいとお呼び立てした次第じゃ」

私は視線を外して言った。

「夜明けまでもう時間もありませんし、相手も、これ以上望むものはないと申していますす。このまま出帆させた方が損失を最小限に抑えられ、万事丸く収まるではないかと……」

奉行は、語気を強めた。

「わしは初めから丸く収めるつもりはない。それに貴殿は一昨日、オランダ人が解放されれば敵の処分に誠心誠意、加担すると言ったではないか。もはやお忘れか？」

私は畏縮して平伏した。

「忘れてなどおりません。しかし、現存の兵力で交戦してもこちらは不利であり、また敵船から一斉射撃が行われれば、一般市民も含めた甚大な損害を受けることが予測されます。敵は食糧を供給されたことに満足し、感謝の意も表しています。いたずらに刺激して更なる問題の発生は避けるのが賢明かと思います」

「では、何も意見は出さぬと申すのだな？」

奉行は私に失望したようだった。だが実は、私はある作戦を用意していた。しかしその案は、かなりの時間と労力を要するものであり、また敵船を無難に出帆させたいがため、それまで口にはしていなかった。しかし私は奉行への忠義を示すために、何か発案をせねばならなかった。

「――敵の攻略法なら、簡単ではありませんが一つだけあります。ヨーロッパの戦争では昔より、湾内に侵入した敵の逃亡を防ぐために、湾の出口にわざと船を沈めて水路を塞ぐ作戦が用いられます。当地長崎港で言えば、高鉾島付近の水路が最も幅が狭く適当かと思われます」

奉行は身を乗り出してきた。

「ふうむ、そうか。それは妙案じゃ。逃げ場をなくし、持久戦に持ち込むなどとは思いもつかなかったわい」

私は内心、ほくそ笑んでいた。その時の状況では不可能な作戦なのである。

「しかし、この作戦には恐らく数百隻の小船を用意し、またそれを沈めるための適当な石の準備も必要です。用意だけでも優に数日はかかると思われます」

奉行は腕を組み、宙を仰いだ。

「結局は、敵船を止めておく事が前提ということであるな。もはや、これまでか……」

高官の一人がふと呟いた。

「四年前のオロシヤ船のように、何カ月も止まっておるならば難なく出来るものを……」

秘書官が口を挟んだ。

「あの時はオロシヤ側が交易を希望し、幕府からの返答を待っておったからじゃ。今回のエンゲレス船とは来航の目的が違う」

秘書官の言葉に奉行がかっと目を見開いた。

「交易を求める……。そうか、その手は使えるかもしれぬぞ」

秘書官が怪訝な顔で尋ねた。

「御奉行、その手とは？　敵は交易を求めてはおりませぬが」

「だからこちらから求めるのじゃ」

一同が唖然となった。奉行は続けた。

「その理由として、昨今往来が途絶えがちのオランダだけでは対外交易は成り立たぬので、此度の来航を機にエンゲレスと交易を始めたいと伝える。それで直ちに江戸に許可を求める使いを出すので一カ月、いや十日ほどこの地で待っていて欲しいと言うのはどうじゃ」

私は耳を疑い、気が遠退くほど頭が混乱した。日本とイギリスが通商条約を結めば、我々の何もかもが破滅に向かうことになる。

私の青ざめた顔を見て、奉行は薄笑いをして言った。

「あいや甲比丹殿、これは虚言、つまり欺瞞工作じゃ。この話に彼奴らが乗れば、貴殿の攻略法も容易になるであろう。後は焼き討ちにして葬るだけじゃ」

私は安堵した半面、奉行、いや日本人のしたたかで好戦的な態度に驚かされた。二百年間、泰平の世を送ってきたはずの日本人が見せた、戦闘への執念。

これが誇り高きサムライなのか。

しかし、いくら勇敢でもこの計画は、さまざまな面にあまりにも危険を伴う。我々だけでなく、日本の存亡にも関わるのだ。私は何としてもこの局面を回避しなければならないと思った。私は平伏して申し立てた。

「恐れながら、その案にはいくつかの問題があるように思います。一つは、イギリス船が正規の使節団を送るために一旦引き上げる可能性があること。もう一つは、現在の敵船の位置からは高鉾島付近は距離も近く丸見えです。故に、水路を塞ぐような行動を取れば、直ちに砲撃、または強行突破される恐れがあります。つまり、仕損じる可能性が高いのではないかと思われます」

奉行は私の話を噛みしめるように聞いた後、暫く思案顔をして静かに言った。

「いや、多少の無理は承知。それに交易の話を持ち掛ければ、最低でもその受け答えで少しは時を稼げる。また敵が話に乗った場合、今の船の位置は奉行所からの距離が遠くて不都合とでも言い、もっと港内へ引き船で移動させればよい。さすれば、いざとなっても敵船は自力での出帆は困難となろうし、高鉾島付近も神崎で死角になる。一石二鳥じゃ」

私は食い下がった。

「敵船を深く港内へ入れれば、市中のほとんどが敵の射程距離に入ります。危険すぎます」

暫し沈黙が流れた。奉行は瞑目して言った。

「甲比丹殿、ご苦労であった。後はこちらで計画を練る。下がって休まれよ」

「いえ閣下、私は日本の御為に申し上げているのです。イギリスという野蛮な侵略国家などとこれ以上関わってはいけません。どうか、どうかご再考を」

「貴殿との話はここまでじゃ。通詞目付は甲比丹殿と共に下がって良し」

私は伝之進に支えられるように立たされ、失意のまま部屋を後にした。

六

その後、一睡も出来ないまま夜明けを迎えた。商館員らが寝ている座敷の隅で、私は放心状態にあった。間もなく追加分の水や食料が運ばれる。ペリュー艦長は日本側の欺瞞工作に乗るだろうか？

——頼む、さっさと出て行ってくれ。

奉行所では御法度だったが、私は十字を切って神に祈った。もうそれくらいのことしか出来なかった。やがてフェイルケが目を覚まし、私の様子に気付いた。

「甲比丹、ずいぶん顔色が悪いですね。ずっと起きていたのですか？」

「ドクター、奉行閣下はイギリス人と戦う決意をされた。われわれの命運もここで尽きるかもしれない」

私は微熱の続く重い頭を抱え込んだ。

「応援部隊が到着したのですか？　それともまた敵が何か要求してきたのです

か？」

「いや、これは日本人の自尊心の問題らしい。我々の倫理観では推し量れないものなんだよ」

「いわゆる、武士道ってやつですか？」

「そのようだ。しかし、刺し違えて自分が死んでしまっては何もかもおしまいじゃないか」

「日本側に勝算はないのですか？」

「いくつもの奇跡が起こらない限り、不可能に決まっている」

　フェイルケとの会話で他の商館員も起きたようだが、皆押し黙っていた。競りに出された子牛のように、我々は為す術がなかった。そこへ出勤してきた作三郎が、緊張した面持ちで顔を出した。

「話は通詞目付殿に聞きました。度重なる苦難、皆さんの胸中お察しします……。今し方、追加分の薪水と食糧を積んだ船団が出ました。今度は相手に好感を抱かせるため、梨や煙草の葉まで用意したそうです。そして、渡し終わるころを見計らい、偽交易の申し出に支配勘定方の人見様が向かわれるとか」

「――中村さん、私は奉行閣下を説得出来ませんでした。我々オランダ人の存在が理由で、この長崎の町が破壊され、犠牲者もたくさん出ると思うと、私はどうしてよいか分かりません。いっそ私があのフェートン号へ乗り込んで、艦長を殺してしまいたい」

言って私は、両手で顔を覆った。作三郎は私の肩に手をやり言った。

「なにも負けるとは限りませんよ。間もなく大村藩主、大村上総介様が自ら藩兵を率いて到着されるそうです。すでに馬で到着した先遣隊の話によれば、大村侯は敵船の焼き討ちに関して、藁や芦を満載した三百の小船を用意し、それに三名ずつ乗せて突進させる計画を立案されているとか。もちろん、過半数の犠牲は覚悟の上だそうです。御奉行もそれに賛同され、その準備も進められています」

私は作三郎の腕をすがるようにつかんだ。

「相手は屈強な軍艦なのです。そのような単純な戦法では狙い撃ちされるだけです」

作三郎はうつむき、口をつぐんだ。彼にもどうしようもないことは分かっている。彼ら通詞こそ、奉行所と我々との板挟みになり、苦しい立場にいることは違いなかった。

午前九時ごろ、秘書官が偽交易の話しを持ち掛けるために正装して奉行所を出た。私は庭から、秘書官ら使者を乗せた和船が大波止から漕ぎ出して行くのを望遠鏡で追った。

天候は爽やかな晴天だった。北東からの秋風により、港内には煌めくさざ波が立っていた。一方フェートン号の方は、奉行所の作戦なのか水が五艘の船底に直接張り込まれて運ばれていたため、汲み上げるのに時間が掛かっているようだった。

「イギリス人は、交易の話にどんな反応を見せると思いますか?」

傍らのフェイルケが言った。私は手を休めて彼に答えた。

「おそらく乗るだろう。イギリスも日本との交易は望んでいるはずだ。今回オランダ船を拿捕出来なかった代わりに日本から薪水や食糧を受け、更に交易権を得るなんて大海戦に勝利したのと同等の手柄になるだろうからね」

「たとえ欺瞞でも、日本が戦闘に負けることになったら、強引に通商条約を結ばされるのではないですか？」

「君、イギリスがその程度で収める国だと思うか？　そもそもあの国は侵略によって……」

　言いながら私は再び望遠鏡を覗いた。

と、いつのまにか作業が中断されているかと思うと、甲板から突き出た高い三本のマストに次々と白い帆が張り出し始めた。船首には人集りが出来てお り、それは錨の巻き上げが行われていることを示していた。ついに出帆準備に取りかかったのだ。

「見たまえドクター、イギリス船が出て行くようだ。これは、天の助けかもしれんぞ」

　使者が乗った船は、まだ半分ほどの距離しか進んでいない。こちらは艪を漕ぐ早さが増した。やがて帆が膨らみ始めて、薪水渡し役の船団がフェートン号から離れだした。

　その様子は肉眼でも見て取れた。庭には何人かの高官や役人が飛び出してきて『急げ、急げ』と叫んでいた。私も胸の中で、フェートン号へ同じ言葉を連呼した。

間もなくして船体がゆっくりと進みだし、舳先が港外へ向いた。追い風を受けて全ての帆が膨らむと船足が増していった。使者を乗せた和船との距離が徐々に離れ出す。使者らがフェートン号に戻るよう、身振り手振りで訴えているが、船上の乗組員は嘲笑うかのように別れの手を振っている。

やがて船体は神崎の影になり、我々の視界から消えた。和船は追うのを諦めて、空しく海面に漂っていた。時に十月六日、日本歴八月十七日の午前十時頃だ。

大村、諫早藩の応援部隊約八百人が到着したのはその直後だった。奉行を始め、高官たちの無念さは計り知れないものがあっただろうが、私はその幸運を全能の神に感謝した。

午後十二時頃、私は薪水を渡す時に現場に行ったという稽古通詞から、艦長から私宛の極めて不明瞭な英文の手紙を手渡された。

それには薪水、食糧を受け取った礼と、オランダとイギリスが不幸な間柄になったのはナポレオンの政治のせいだとし、ヨーロッパかジャワに送りたい手

紙があけば預かるとあった。そして最後に、

『私は大いなる畏敬の念をもって、あなたの真正に忠実な従僕で今後ともあるでしょう。

イギリス海軍フェートン号艦長、グリットウッド・ペリュー』

と結ばれていた。

間もなくして、私達オランダ商館員に出島へ戻る許可が下りた。私は高官らに何度もお辞儀をして感謝の意を述べた後、奉行や秘書官とは顔を合わさないままに奉行所を出た。

出島では、すでに地役人警備隊の撤収作業が始められていた。出島での損害は皆無であり、私は指揮官の上席町年寄殿へ厚く御礼を申し上げた。

私達は甲比丹部屋の応接室へ集合し、スヒンメルがフェートン号から持ち帰ったウィスキーを各自が持つグラスに注いだ。私は一人一人の顔を見回して言った。

「皆、この二日間、本当にご苦労であった。イギリス人による悪夢のような災いは、奉行閣下のご英断と、皆の沈着冷静な行動により大事なく乗り越えるこ

とが出来た。ここにオランダ商館と長崎の町、そして全ての人々が無事であったことを神に感謝し、乾杯したいと思う。――乾杯」

我々は琥珀色の液体を一気に喉に流し込んだ。手持ちの酒が欠乏気味のために仕方なく飲んだスコッチウィスキーは、胃に熱くしみていった。忌々しいが、正直うまいと思った。

私はあらためて歓談する商館員らの顔を見た。遠い異国の地で、帰国がいつになるかも分からぬ身。それでも衰退した祖国の為に、この若輩の商館長の為に挺身して任務に就く部下達を、私は心から誇りに思った。

緊張が解けたせいか、一杯の酒が早くも私に体調不良を思い起こさせ、眠気が襲ってきた。まだ日は高かったが、私は取りあえず自分のベッドで横になりたかった。皆へその旨を伝え自室へ戻ろうとしたとき、甚八がやって来た。彼は、今夕西御役所で奉行主催の慰労会が行われるので、ぜひ出席するようにとの秘書官からの達しを伝えに来たのだった。私は辞退したかったが、不承不承了解した。

二時間ほど眠った後、私はフェイルケに起こされた。重たい瞼を開けると、ウルリーケの姿もあった。聞けばこの二日間、寄合町にある抱え主の京屋に身を寄せていたと言う。私達は手を取り合って互いの無事を喜んだ。

「甲比丹、ご気分はいかかです？　辛いようでしたら、私が役人へ断りの話をしますが」

「いやドクター、多少無理してでも行くよ。せっかくの招待だし、あらためて奉行所の方々が揃ったところで礼も言いたい」

私はウルリーケが用意してくれた風呂に入り、正装して夕方に迎えの籠に乗った。

西御役所に着いたころは、すっかり日は落ちていた。大広間に案内されると、すでに宴会の用意がなされていた。コの字型に膳が並べられ、奉行所の高官や長崎常駐の諸藩聞き役、留守居役などの重鎮が二十名ほど着座していた。ただ、菅原、上川の両検使役と佐賀藩聞き役の姿は見られなかった。

私は奉行側の下座に座るよう指示され、苦手な正座をした。後ろには作三郎が控えた。

秘書官より大村藩主と奉行の入室が告げられ、一同は話を止めて姿勢を正した。間もなく二人の姿が現れると全員が平伏した。

奉行から今回の事件に対する経過説明と各自に対する謝意の言葉が述べられたが、疲労からかいつもの精細さが感じられなかった。大村侯からは、敵船の焼き討ちが出来なかったのは無念だったが、大きな損害がなかったのは幸いだったといった主旨の話があった。

やがて秘書官から宴会を開催する言葉があった。日本人はヨーロッパ人のような乾杯は行わない。隣席同士で互いに酌をし、静かに飲み始める。最初のうち宴席は異様なほどに静かだが、酔いが回り始めると一変して賑やかになるのが常だ。

私は今回の件で、オランダ商館がやり玉にあがるのではないかという不安があったが、一部の高官からヨーロッパの情勢を聞かれた程度で特に非難はされなかった。出された食事はかなりの御馳走であったが、私はサケも食もあまり進まなかった。膳が用意されておらず、退屈そうな作三郎と報告書の件や雑談をしながら早々に宴会が終わるのを待った。

宴もたけなわのころ、奉行がとっくりを持って来賓席側をお酌しながら回り始めた。特にその日に到着した大村、諫早の藩兵の指揮官などには丁寧に挨拶をしていた。そして、末席まで行くと一旦立ち上がり、私の所まで歩を運んできだ。私は驚いて奉行の足元に平伏した。奉行は腰を落として言った。

「甲比丹殿、此度は御苦労でござった。さぞお疲れであろう。さ、一献注がせて下され」

私は恐縮し、作三郎の顔を見た。彼は静かに頷いたので、私は杯を両手で持ち差し出した。そして、ウルリーケのしぐさを真似て出来るだけ上品に飲んだ。作三郎が奉行のために新しい杯を出したが、まだ仕事があるからと静かに断られた。私は再び平伏した。

「閣下、此の度は我々オランダ人のために多大なご尽力を賜りまして……」

奉行は私の肩に手をやった。

「いや甲比丹殿、礼はもう充分じゃ。それに今宵は、オランダ人の無事を祝う席でもある。さあもう一献。ほれ、中村も飲むがよい」

奉行は平身低頭の作三郎にも酌をし、私に顔を上げさせた。表情にどこか陰りがあった。

「甲比丹殿、拙者が思うに今後は何かと異国船の来航が増えてくるのではないかと危惧しておる。そして、これまでの警備では、防ぎきれなくなってくるであろうと考えるが、この辺りについて、貴殿はどう思われるか？」

私はその機会に本音を告げておこう思った。

「恐れながら申し上げます。現在の長崎、いやおそらく江戸の警備力を見ても、欧米の最新兵器には太刀打ち出来ないでしょう。残念ながら日本は長く平穏であったため、兵力の全てにおいて劣ってしまっています」

奉行は納得済みなのか顔色を変えなかった。

「うむ。では、日本も異国船に対抗できるほどの軍船を持てばどうじゃ？」

「はい。それは良策の一つかと思います。ただし、日本の太平を維持するため、あくまでも防衛のために保有すべきかと存じます」

奉行は真剣な顔で通訳に耳を傾けていた。

「しかし、日本ではそのような軍船を作る力が無きに等しく、また操る水夫もおらぬ。そこで提案だか、貴殿を通じてオランダから軍船を購入し、加えてオランダの水兵より船や兵器の扱いを伝授してもらうことは可能か？」

私はぎくりとした。そのような重要な書簡なら将軍の名において書かれ、送り先は当然オランダ国王になる。当時、オランダという国は存在せず、元の国王もイギリスに亡命中である。私は言葉を選びながら慎重に答えた。

「日本と我が国の長き友好関係を鑑みれば、それは十分可能かと思いますが、今オランダはヨーロッパ戦争の余波を受けており、時期的に難しいのではないかと存じます。また、そのような重要交渉となれば、日本から特使を派遣し、国王に謁見して申し立てするのが賢明かと存じます」

奉行は嘆声を洩らした。

「特使の派遣か。もっともかもしれぬが、日本の国法ではそれこそ難しい。それに誰を派遣するか、人選も困難をきたすであろうのう」

私は本心を口にした。

「それは閣下のような聡明で、オランダの事情に知識をお持ちの方が適任かと思いますが」

私が上目で見ると、奉行は口元を緩めた。

「ほう、それがしがオランダ国へ？　ははは、それは夢のような話であるな。

――じゃが大洋を渡り、異国へ行ってみたいとは思うのう」

言って奉行は、暫し遠い目をした。

「いや分かり申した。いずれその様な機会もあるやもしれぬ。その時は仲立ちの方、宜しくお頼みしますぞ」

「私でお役に立つことであれば、何なりと」

奉行は満足そうな笑みを浮かべると、懐から装身具のような小物入れを取り出した。

「甲比丹殿が風邪気味だと聞き、唐人屋敷から取り寄せた漢方薬がここに入っておる。あとで唐通事が中村の方へ、飲み方を伝えに来るであろう」

奉行の差し出したのは印籠だった。金地に雄鶏が浮き出るように施されており、紫色に組まれた付属の紐さえ繊細で美しかった。私は恐々と受け取った。

「ありがとうございます。印籠の方は、のちほどお返しします」

「いや、返さなくてもよい。それは此度の報奨として受け取って頂きたい」

「いえ、このような高級な品を頂戴するほど私は……」

畏縮する私に、奉行は穏やかに言った。

「拙者はぜひ、貴殿に受け取ってほしいのだ」

「は、はい。では、ありがたく頂戴いたします」

奉行は更に顔を寄せてきた。

「今後も何か困ったことがあれば、奉行所に申し出をするが良い。例え奉行が毎年変わろうとも、貴殿のこれまでの功績を思えば、大抵の願いは聞き入れられるであろう」

「はい。ありがたき幸せに存じます」

奉行は大きく頷いて立ちあがった。

「では、これにて失礼する。この松平康英、貴国の復権と安泰が一日も早く訪れるよう祈念しておる。甲比丹殿、誠に大儀でござった」

私は平伏しながら、奉行の言葉が引っかかっていた。奉行は『復権』という言葉を使った。それは奉行が、いや通詞達も実はオランダが衰退している現状に気付いているのではないかということだった。しかし、私にはそれを聞いて確かめる勇気はなかった。

宴会が始まって二時間もすると、場は盛り上がるどころか潮が引くように静かになっていった。顔を赤らめ、座ったまま寝ている者もいる。無理もない、皆丸二日間ほとんど休んではいないのだ。やがて秘書官が閉会の挨拶を行い、お開きとなった。奉行は、来賓者が全員出るまで丁寧に見送った。

私は出島に帰ると、すぐさま漢方薬を飲んでベッドに横になった。添い寝するウルリーケは、まるで宝石を見るような目で印籠を手に取って眺めていた。作三郎によると、その印籠は有名な蒔絵師の作品で、極めて価値が高い品らしかった。私は勲章を賜ったような気分で誇らしかった。彼女の大きなお腹をさすりながら、いつしか深い眠りに落ちた。

——どれくらい眠ったのか、私はウルリーケの呼びかけで目が覚めた。頭はすっきりしていて、目覚めが良かった。気が付くと、いつの間にか身体が涼風にさらされている。起き上がると、私は潮の香がする船上の甲板にいた。船はフェートン号のようだった。いつの間にイギリス人から奪い取ったのだろうか。

辺りを見回すと商館員達や作三郎、多吉郎など馴染みの姿があった。彼らは舷側に並び、皆笑顔で何やら指を差して景色を眺めていた。後方の一段高いハッチの上では、秘書官と奉行が並んで立っていた。全員が正装しており、これから何か式典でもあるかのようだ。

「ほら、お父上のお国が見えるとよ」

ウルリーケは赤子を抱きかかえていた。性別は分からない、私の子なのか……。

――なに？　私の国だって？

私は通詞達の間に割って入った。目に飛び込んできたのは、北ホラントのなだらかな海岸線だ。快晴で、空も海も青々としていた。右手前方に見えるのはテクセル島だろう。そこから変針してゾイデル海に入れば、アムステルダム港へはもう五十マイルほどの距離だ。

「甲比丹殿、とうとうオランダへ来ましたね。しかし、我々のオランダ語が本国でちゃんと通じるのか心配です」

作三郎が緊張した面持ちで言った。

「甲比丹殿、オランダ国王に謁見の際は、どのようにご挨拶すればよろしいかのう？」

奉行はいつもの精悍な顔付きに戻っている。

どうやら私は、復権した祖国へ帰国出来たらしい。しかも日本からの特使と妻子を連れて。

「ああ、皆さんと一緒に帰って来れたのですね。なんて素晴らしいんだ。こんなに喜ばしい事はない。神よ、ありがとうございます」

私は蒼空を仰ぎ、固く手を組んだ。

「甲比丹殿、大丈夫なのですか？」

「中村さん、大丈夫。あなた方のオランダ語は立派に通用しますよ」

「――甲比丹殿、お気を確かに。重大なお知らせがあります」

「うん？」

目を開けて、うつろな焦点が定まると、作三郎が真顔で私を見下ろしていた。私はゆっくりと辺りを見回した。そこは飽きるほど見慣れた甲比丹部屋の一室だった。私は、泣きたいほど落胆した。

「……あの、ウルリーケは？」

「極秘な話のため、外してもらいました」

私は身を起こした。漢方薬は効いたようで、頭も身体も軽くなっていた。

「何かあったのですか？　まさかフェートン号が引き返して来たとでも？」

作三郎は首を振り、声を詰まらせながら言った。

「昨夜、お奉行が自害されました。切腹です」

一瞬、時が止まったような感覚になった。これもまた夢ではないかと疑った。

「な、なんですって？　すみません、もう一度お願いします」

作三郎は繰り返さず、淡々と説明を始めた。それによると、昨夜我々が帰った午後十時過ぎ、奉行は書状を書くからと小姓に告げて執務室へ入っていった。小姓は詰め所に控えていたが、あまりにも長いので、廊下より声をかけてみたが返事がない。不思議に思い襖を開けたが誰もいなかったので部屋に入り、庭へ通じる障子を開けると奉行がうつ伏せで倒れていた。慌てて人を呼んだが、すでに絶命しており、手の施しようもなかったらしい。

発見は真夜中の三時頃で、奉行は作法に乗っ取り白無地の小袖と無紋の裃に着替え、愛用の毛氈を敷いて短刀で下腹を一文字に薄く引き、喉を突いて果てていたという。遺書らしき書状があったらしいが、作三郎はまだ内容は分からないと言った。私は昨夜の奉行の顔が浮かび、涙が溢れてきた。

「なぜ……なぜ閣下は死ななくてはならなかったのですか？　そこまでの重大な落ち度があったというのでしょうか？」

作三郎はウルリーケの手拭いを私に渡した。

「長崎奉行として、今回の一連の事案に対する全責任を取られたということでしょう」

「しかし、今回の件はフェートン号来航が発端となったもの。商館員が卑怯な手段で拉致されたのも、警備担当の藩兵が不足していたのも、閣下のせいではないではありませんか」

「それは誰もが分かっていると思います。ですが、誰かが責任を取らねばならないでしょう。今回の件は、全て詳細に幕府に報告されます。お奉行はきっと、多数にわたるであろう関係者の処罰を、自らの命と引き替えに最小限に押さえたかったのでないでしょうか」

作三郎は、そこまで言うと静かに帰って行った。私は枕もとの印籠を、握りしめていた。

奉行の死はすぐには公表されず、しばらくは重病とされた。そして数日後に病死と発表があった。奉行の葬儀か執り行われ、大音寺に埋葬されたのは実に死去して十日目だった。

私は葬儀への出席を切望したが、許可されなかった。作三郎より内々の話として、奉行所の下級役人や長崎の住民の間で、奉行の死はオランダ人のせいだという噂が立っており、あまり人目に付くのはまずいといった判断もあったらしい。

奉行の死は市民に甚だ悔やまれ、後に総町の発議により諏訪神社境内に康平社を造営し、図書明神として祀った。葬儀後に、私は伝之進より遺書の要約を聞いた。それによると、今回のオランダ人拉致や港内へ不法侵入された件、警備が知らぬ間に手薄となっていた件、そして兵員不足によりイギリス側の要求を飲まざるを得なかった件に対する反省と謝罪の弁などが綴られていたという。

また最後に要望として、今後の長崎奉行には、福岡や佐賀藩などに臆せず指揮権が発揮できる大身の者を選ばれたいと書かれていたと聞いた。私にはそれが、一旗本出身の松平奉行へ対して協力が鈍かった近隣諸藩に対する、ただ一つの無念さを表した抗議に思えた。

だが、その事件に対する幕府の動揺は大きかった。奉行の全責任を担った形の切腹は、かえって関係者への徹底した追及を生むことになった。その結果、佐賀藩の両御番所番頭や聞き役、留守居役などが詰め腹を切らされ、江戸に居た藩主鍋島斉直は百日間の謹慎を命ぜられた。また菅谷、上川の両検使は免職となり、押込の刑となった。

一方、遠見番や秘書官の人見ら数名は御褒詞を受けた。そして奉行の切腹に責任を感じた鍋島侯は、奉行の子息に小判二千枚を贈る許可を幕府に求めた。それに対する回答は、一度のみならず毎年贈ってもよいとの事であった。つまりそれは、通達があるまで毎年続けよという命令に等しいものである。加えてその子息は幕府により、将来は要職に就くことを約束されたらしい。

七

事件から二ケ月後、私に男の子が誕生した。名前は私の姓を取って、道富丈《ドゥーフ》吉と名付けた。だが、読みは日本語で馴染みやすい『みちとみ』とした。私たち家族にとっては幸せな日々が続いたが、バタヴィアからの船は翌年に小型船が一隻来たものの、それから三年はまったく来なかった。残念ながらこの間にバタヴィアはイギリスに征服されていたのだ。

しかも四年後と五年後にはなんとバタヴィアを手中にしたイギリスの商船が、またもオランダ船に偽装してやってきたのだった。しかし、その時はイギリスも日本の事をよく研究していて、武力による方法ではなく、オランダ人を買収、利用して日本との交易を行おうと、最終的には交渉役に私のかつての上司、前任の商館長ワルデナールまで同行させてくるほどの周到さだった。

残念なことに彼はすっかりイギリス側に癒着しており、私に威圧的な態度で商館の明け渡しを要求した。だが私は頑としてそれを拒否し、逆に偽装していることを奉行所役人に知らせると宣告した。それはその船が、フェートン号事件の報復を受けることを意味する。

ワルデナールやイギリス人船長らは狼狽した。そこで私は通詞達にも相談の上、混乱を避けるため、その船をアメリカからのチャーター船であることにして、交易は行うこととした。その代わりに商館が抱えていた多額の負債、九万両を支払わせることに成功した。

その後来航船は途絶え、商館は困窮を極めた。私達は衣服や靴さえも何度も補修してボロに近い状態で身に着けていた。ただ、奉行所からの支援や金品の貸出は続けられ、請求が迫られることは一度もなかった。この間私は余暇を利用して、通詞らと共に蘭日辞典の作成に精を出し無聊を紛らわしていた。

そしてフェートン号事件から九年後の一八一七年、待望のオランダ船が一度に二隻も来航した。貨物を満載した船内には新商館長の元部下、ブロンホフも乗船していた。彼によると、二年前にナポレオンはロシア遠征で敗北したのを機に失脚し、長年にわたったヨーロッパの戦争は終結してオランダも独立を回復したということだった。私達は歓声を上げ、涙を流して喜び合った。

更に私にはオランダ国王より商館を守り通した褒賞として、オランダ獅子騎士勲章が委任を受けてきたブロンホフにより授与された。

私は帰国の準備に取り掛かった。商館長は立場上引き継ぎが多いのだが、ブロンホフは過去に三年ほど商館の荷役担当として私の下で働いていたこともあり、問題はなかった。

私の唯一の心配事は最愛の子、丈吉の事だった。日本の国法により連れては帰れない。当時九歳で、一目で混血と分かる顔立ちだった。私が帰国した後はウルリーケと共に、町年寄の世話になることになっている。しかし混血児であるが故、あちこちで差別を受けるのではないか、また成人になってもまともな職を得られないのではないかと、心配は尽きなかった。

しかし私はその二年前、当時の長崎奉行遠山景晋閣下に、私が帰国することになった場合は、長崎会所に託す白砂糖三百籠の代金の利子から年銀四貫目を丈吉へ給与してほしい。また、将来は地役人として採用してもらいたい。ただし、オランダ人や通詞とは離れた職務が望ましい、などと認めた懇願書を出し、それは幕府にも伝えられ了承されていた。

帰国前には大勢の人を招いて大宴会も行い、特に付き合いの長かった作三郎らと別れを惜しんだ。また、ウルリーケや丈吉との最後の夜は、三人で涙に暮れた。身を引き裂かれる思いというものを、私はこの時初めて知った。

私は出立の直前、あらためて二人のことを見守り下さるよう金沢千秋奉行閣下にお願いに行った。そこで私は意外な言葉を耳にした。

「甲比丹殿、心配はござらん。かの松平図書頭康英殿の遺書にもこうあるのじゃ。――この遠い異国で艱難辛苦し、また日本に対す忠義や恩義を忘れない貴殿並びにオランダ人には、今後も格別の御高配を賜るよう御願い申し上げると。また、これは幕府からも留意するよう命を受けておる。どうか御安心あれ」

私は松平奉行閣下の慈悲、いや友情にも似た厚意に胸が熱くなった。私は、歴代の長崎奉行に最大の敬意を払い、奉行所で最後の感謝の言葉を日本語で述べた。

「ありがたき幸せに存じ奉ります」

そして、私が満四十歳を迎えた直後の一八一七年十二月十日、フラウ・アハタ号に乗り込み、実に十八年ぶりに帰国の途に就いた。

しかし先に話したように、バタヴィアから帰国途中のインド洋で私が乗っていた軍艦は難破し、バタヴィア滞在中にめとった新しい妻と日本から持ち帰った貴重な品々を失った。私が帰国を果たしたのは、長崎を出て二年近く経った一八一九年の十月である。

八

「――ドゥーフさんじゃありませんか？　こんなところでどうしたんです？」

ふいに声を掛けられ、私は現実に引き戻された。振り向くと、顔見知りの通関士だった。

「いや、散歩の途中でね。風邪気味なもので疲れてしまい、ちょっと休憩していたんだよ」

「それはいけませんね。うちの事務所で休んでいかれたらどうです？」

私は微笑して、ゆっくりと立ち上がった。

「ありがとう。でも大分楽になったから帰るとするよ」

私は、いつのまにか手にしていた印籠をポケットに仕舞い、家路に就いた。

自宅に着くとメイドが用意していた昼食をとり、その後書斎で私は、友人の政府高官から勧められて始めた日本回想録の構成作りに没頭していた。しかし、日記や資料を全て海難で失くしているため、記憶を追うたびにペンは止まりがちになっていた。私が出島のブロンホフへ、資料の写しを送ってもらうか思案しているところへドアがノックされ、執事の声がした。

「御主人様、若い御仁がお見えになり、面談を希望されています。どうも話し方がドイツ訛りのようですが……」

「ああ、今日だったか。いや、前もって手紙は受け取っている。中へ通してくれたまえ」

私は服装を整え、居間へ向かった。部屋へ入ると、その男は立ち上がった。すらりとした長身である。

「ようこそ。私がドゥーフです」

「は、初めまして。私はフィリップ・フランツ・フォン・シーボルトといいます。今年、ドイツの医大を卒業し、医師をしています」

握手を交わすその青年は緊張しているのか、やや顔を紅潮させている。しかし私にはそれが初々しく見え、即座に好感を持った。

「手紙には随分、東洋に興味があるように書かれていたね」

「はい。私は博物学に興味があります、特に未知の自然と文化や民族についてです」

「ふむ。それで、まずオランダの軍医となり、ひいては商館医となってバタヴィアや日本に行きたいと？」

「はい。亡き父親の教え子がオランダ国王の侍医をされていますので、推薦を受けられるようお願いしている最中です。またオランダ語の方も今、懸命に勉強しています」

「ほう。では、日本についての予備知識は？」

「ほとんどありません。ですからドゥーフ様にご教授を頂きたいと、お伺いした次第です」

私は嬉しくなった。私自身はもう二度と日本へ行けないかもしれない。だが、私の日本に対する言葉に表せないほどの敬愛や万感の思いは、彼のような若者へ託すことが出来る。

「ところで君、今夜はどこに泊るのかね？」

「まだ決まっていません。ここは大きな街ですし、あとから探そうかと思っています」

「ふむ。では、今夜はここに泊るといい。たいしたもてなしは出来ないが、酒と話だけはたくさんあるぞ。ははは」

私は畏まるシーボルトの肩を叩きながら、先日バタヴィア経由で取り寄せた、とっておきのサケの封をついに切る決心をした。

〈了〉

◎参考文献

『長崎オランダ商館日記　四』日蘭学会編（代表 岩生成一・小葉田淳 雄松堂出版）

『ドゥーフ日本回想録』永積洋子訳（雄松堂）

『英艦フェートン号事件』松永秀雄（くさの書店）

『長崎出島四大事件』志岐隆重（長崎新聞社）

『切腹』白石一郎（文芸春秋）

『長崎地役人総覧』旗先好紀（長崎文献社）

『復元！江戸時代の長崎』布袋厚（長崎文献社、二〇〇九）

『週間　江戸67　長崎を震撼させた三日間　―フェートン号事件―』（ディアゴスティーニ・ジャパン）

阿蘭陀《オランダ》恋文

一

金比羅《こんぴら》山から吹き下ろす真冬の季節風を背に受け、楢林《ならばやし》銀之助は鳴滝《なるたき》川沿いの細道を意気揚々と足早に歩んでいた。日暮れ間近で吐く息も白いが、気持ちの高ぶりが寒さをも忘れさせていた。

緩やかな坂道を下って桜馬場に出た。伝八稲荷神社前を通ってさらに四町ほど進むと新大工町に入る。町名の如く大工職人が多く住む町であるが、長崎街道の起点でもあり、表通りには商店も多く、昼間は地元の住民と旅人とが入り交じり賑やかな様相をなしている。

文政七年（一八二四年）一月十日。正月気分も抜け、町は普段の落ち着きを取り戻していた。夕暮れとなり、家々からは子供の泣き声やはしゃぎ声が漏れ、煮物や魚を焼く匂いが漂っている。暮れ六つ間近で人通りもまばらになり、商店はあちらこちらで店じまいを始めていた。

臨川院の手前から裏通りに抜けると、名のある大工棟梁や富商など、裕福な町民が建てた屋敷が立ち並ぶ一郭がある。銀之助は一番奥の、まだ木目の新しい家の門を潜り、玄関の引き戸を開けて張りのある声を上げた。

「こんばんは。銀之助です」

奥から「はーい」と返事があり、間もなく細身の中年女が出てきた。艶かしい色気を醸し出しているその人物は家主のようである。銀之助と目が合うと、顔を綻ばせた。

「あら銀之助さん。今日は遅かとですね」

「すみません。ちょっとお役目があってですね。あの、丈吉は戻っとるですか？」

「ええ。今日は底冷えのするて言うて、会所から帰るなり火鉢の前から離れんとですよ。ささ、どうぞお上りください」

「では」

銀之助は腰から刀を外し、草履を脱いだ。

子供の頃からちょくちょく来ている家である。案内はいらない。ようも慌ただしく台所へ消えた。土間から上がり、茶の間の祖父母に挨拶をした。そのまま座敷を抜けて、縁側に面した丈吉の部屋の前で声をかけた。

「丈吉、入るぞ」

返事がある前に、銀之助はふすまを雑に開けた。眼前に、六畳間の真ん中で綿入れ半纏を着込み、丸火鉢を抱きかかえるように暖を取っている若者がいる。視線が合うと、銀之助は思わず笑みを浮かべた。

「なんやお前、猫のごと丸まって」

その若者は青白い顔を歪ませて言った。

「いやあ。今日は特に寒うなかですか?」

銀之助は対面に腰を落とした。部屋は文机と書棚しかないが、書物は本棚から溢れ、二畳分ほどの広さに膝の高さまで積まれており、空間はわずかしかない。

「なんか、声までおかしかじゃなかか。また風邪ばひいたな。お前はガキん頃から、冬場はいつも青ばな垂らして咳しよったけんな」

「どうも初詣で諏訪神社に行ったときに風邪ば貰うたごたる。なんせ人の多かったけんね」

この時、銀之助は十九歳。丈吉は十六歳であった。二人は幼いころから銀之助の父親が開く蘭学の私塾で学び、親同士の繋がりもあって兄弟のような間柄であった。

「銀之助さんは、そんな薄着の格好で外ば歩いて平気かと？」

「おい（俺）は今しがた鳴滝から速足で歩いてきたけんな。逆に身体がぽっぽしよるよ」

鳴滝と聞いて、丈吉の目に光が加わった。

「ではあの話、進みよるとですね」

「ああ。今、父上と下見してきた。さすが諏訪神社神官の別荘だけあって二階建ての立派な造りでな。回りは畑ばってん、かえって静かで学問するには持って来いの場所ばい」

「そこを大通詞の中山作三郎様名義で購入して、シーボルト先生に蘭学塾ば開かせるとですね。そいにしても、よく奉行所の許しが下りたですね」

「うむ。まず父上らオランダ通詞や蘭学者が揃ってシーボルト先生に蘭学師範として塾を開かせたいと町年寄の高橋四郎太夫様に推挙して、賛同した高橋様がお奉行に陳情したらしか。シーボルト先生の知識と神業的な医術は必ず将来、日本のためになるとな」

そこへ、ようが茶を運んできた。会話の一部が耳に届いていたらしい。

「中山様はお元気でおらっしゃるですか？　その節は大変お世話になりましたばってん」

銀之助は湯呑を持つと、一口啜って答えた。

「ええ、お元気ですばい。今は年番大通詞をされておられます。中山様もお二人ことを気にかけておられるようで、よくおいに様子ば尋ねられますよ」

「そうですか……。どうぞ宜しくお伝えくださいまし。いずれご挨拶に伺いますと」

ようが戻った後、丈吉が枯れた声で言った。

「ばってんが、よく幕府も許可したですね。すでにシーボルト先生は出島の外に出て、市中の重病人の診察や治療も始めておられるとでしょう？」

「おう。長崎奉行の高橋越前守様がうまく幕府に働きかけたらしか。お奉行は以前、蝦夷地の松前奉行支配吟味役をしておられたとき、ロシア側と多岐にわたっての交渉を経験しておられるから、先見の明がおありになるとさ」

「へえ。そいで、銀之助さんはその塾に入らんとね？」

銀之助が茶を吹き出しそうになる。

「な、なんば言いよるとか。おそらく日本中から若くて優秀な人材が集まるとぞ。おいなんかが入られるもんか。ばってん、蘭方医見習中の兄上は、ぜひ学びたかやろうな」

楢林家は代々阿蘭陀《オランダ》通詞の家系で、銀之助から六代前の楢林鎮海は三十八歳の若さで大通詞に抜擢されるほどオランダ語に精通していた。通詞の仕事は、オランダから持ち込まれる様々な学術書の翻訳をする役目もある。その中で鎮海は蘭訳外科書に影響を受け、蘭方医学に目覚めた。歴代のオランダ商館医師のうち特にホフマンの手ほどきを受け、のちに楢林外科を創始した。その後、楢林家は阿蘭陀通詞を専従とする本家と医業のみの分家に別れ、それぞれ確固たる地位を築いていた。

銀之助の父である栄右衛門は、子供の頃から蘭学全般を学び、オランダ語はもとより天文学や地理学など幅広い蘭学を修得して私塾を開くほどになった。

またこの時すでに大通詞で、シーボルトの専属通詞も兼務していた。

「おいより丈吉、お前どうや？　その気があるなら父上からシーボルト先生に推薦してもらうことも出来るぞ」

丈吉は火箸を持つ手を横に振った。

「いやいや、おいは医学にはあんまし興味なかですし、血ばみたらすぐ気分の悪うなるけん医者には向いとらんですよ」

「ふーん、残念やな。授業はオランダ語主体でやるらしかけん、有利だと思うたとけどな」

丈吉は頬杖をつき、にやけながら言った。

「それなら尚更のこと銀之助さんの方が適任じゃなかね。なんせ、阿蘭陀小通詞末席って立派なお役目に就いとるとやけん」

銀之助は苦笑いを浮かべた。

「いや、おいは親の七光りっていうか、父上が大通詞やけん登用されただけばい。昔っから通詞は世襲やし……。お前こそ、その若さで長崎会所の唐物目利役じゃなかか」

「うんにゃあ、おいこそ親のなんとかですよ」

唐物目利役とは、唐船から輸入されて長崎会所に集められた様々な揚げ荷の品質や価値を見極める役目である。オランダ人は出島の目利役のことを『鑑定人』と称していた。

「ところで銀之助さん、何か用事のあって来たとじゃなかと?」

「おお、そうたい。実はまた文の訳ば頼もうて思うてな。今日は五つもあるとばい」

銀之助は懐から、簡素に上下が折封された五通の手紙を出した。

「まったく、遊女っていうとは文を書くのが好きやな。オランダ人とは出島でしょっちゅう会うくせに、毎日の様に書く女もおるぞ」

銀之助の言う遊女とは、出島のオランダ人専属の丸山町や寄合町の遊女であった。

「貰ったオランダ人の方は何が書かれているか知りとうして、鼻の下ば伸ばしておいたち下っ端通詞に蘭訳させようとする。ばってんがこっちには何も得はなか。まったくよか迷惑たい。まあ丈吉が手伝ってくれるけん、おいは助かっとるが。いつもすまんな」

丈吉は手紙を受け取りながら答えた。

「よかですよ。おいもオランダ語の勉強になるけん、別に嫌じゃなかです。それに、銀之助さんはお父上の手伝いで忙しかでしょう？」

「ああ。シーボルト先生の件から楢林塾の師範代、はたまた家では父上からの申し付けでエゲレス語の勉学もせんばいけん。遊女の文にやらに関わっている暇はなか」

銀之助の父、栄右衛門は十六年前に長崎で起こったイギリス軍艦の不法侵入、いわゆるフェートン号事件後に、英語の重要性を感じた長崎奉行所の命を受けて英語に堪能なオランダ商館員から学んだ一人である。のちに任命された他の通詞と共に、日本初の英和辞典（諳厄利亜《アンゲリア》語林大成）を作り幕府に献上した。

フェートン号事件とは、文化五年（一八〇八年）旧暦八月に、イギリス軍艦フェートン号がオランダ商船に偽装して長崎港に侵入してきたことに端を発する。当時ナポレオン戦争における余波から、オランダ商船を捕獲するためにフェートン号はやってきたのだった。

彼らは何も知らずに入港手続きのために向かったオランダ商館員二名を人質にし、オランダ船の有無を尋問するが、入港船がないと知ると、日本側に食糧、薪水を強要してきた。

長崎奉行は直ちに戦支度を命じるが、当時長崎港警固の任にあった佐賀藩は、その年はもう異国船の入港はないものと独断で判断し、ほとんどの兵を長崎奉行に無断で引き上げさせていた。その事実を知った奉行は驚き、急ぎ早馬で近隣諸藩へ応援を要請するも、兵力が揃うまでには数日はかかるために全くと言っていいほど対抗処置が取れなかった。

またイギリス軍艦の脅威を熟知し、人質の人命を第一とする当時のオランダ商館長、ヘンドリック・ドゥーフの武力衝突回避への機知もあり、イギリス側の要求を切歯扼腕する思いで飲んだ。

フェートン号が人質を解放して去った後、長崎奉行松平康英は、異国の脅迫に屈してしまった国辱の責任を取り、切腹して自害している。

「――そんなら、おいはこれで帰る。文の訳は二、三日の内に取りにくればよかか?」

「そうやね。明後日の夕刻までは仕上げておくけん」

「そうや。ばってん、訳はだいたい内容が分かる程度でよかとぞ。取るに足らん話ば挨拶から全文丁寧に訳するとは大変やろう。それに女、特に遊女の書く文は特有の言い回しや宛字も多かし、送り仮名もおかしけん分かりづろうて面倒やろう。まあ、お前の訳した文はオランダ人たちにも好評やけどな」

丈吉は照れ笑いを浮かべた。

「分からん文字は母上に聞いて教えてもらいよるです。まあ、あまりよか顔はせんですが。そいに、単語だけ拾っとっても文法の勉強にはならんですもん」

「うむ。ばってんが無理はせんでよかぞ。風邪もひどうなったらいけんしな。さてと」

銀之助が刀をつかんで腰を浮かすと、丈吉も立ち上がった。銀之助が、頭一つ分ほど自分より背の高い丈吉を目を丸くして見上げる。

「おい、お前また背の伸びたとじゃなかか?」

「はあ。まだ伸びよるごたるです。あちこちで頭ば打つけん、もう止まってほしかですが」

「はは。その目や髪の色と同じく父親譲りってことやな。じゃここで。見送りはいらんぞ。Tot ziens（またな）」


夕餉《ゆうげ》を済ますと丈吉は、文机に着いて鼻をすすりながら預かった五通の折封を開いた。糊や紐で封をしていないのは、遊女が馴染みの客と足抜け（逃亡）や心中などの危惧される内容を書いていないか、客に渡す前に遊女屋の遣り手や男衆が中身を確認するためだ。

丈吉は折りたたまれた半切紙を一つずつ取り出すと、開いて宛名と差出人を確認した。

甲比丹《カピタン》（商館長）宛が二通、商館長次席《ヘトル》宛が二通、そして首席書記へ一通であった。三名共、十一名いるオランダ商館員の中でも上級幹部であり、毎日の様に遊女を代わるがわる出島に呼べるほどの高給取りでもある。

丈吉は、手紙の中から戯れる鶴の姿が薄く彩色刷りされた絵半切りを見つけると両手で丁寧に広げた。そして、筆跡と文末に記された差出人の名前を見入ると、熱っぽい顔が更に火照るのを覚えた。その手紙は伊万里屋の遊女、はつねが首席書記のフィッセルに宛てたものだった。

文して申しあげまいらせ候
前夜よりいと冷えこみ　稲佐の山頭も雪化粧と相成り候
今朝ハ禿《かむろ》が水たまりの氷をみて　出島のギヤマンのやうと楽しげにわらひ候
……昨日ハわたくしハおもしろ御ざ候へとも　あなた様わちとも御ざなく思い候
……いつ〳〵までもおんみすてなきよふニおんねがいあけまいらせ候
……寒冷のみぎり御身お大切になさいますよう申しあげまいらせ候
かしく
はつね
九日
フ様

読み終えると丈吉は、顔だけでなく胸まで熱くなった。はつねにそっけない態度をとったと思われるフィッセルへ憤りが沸き起こると同時に、それでも見捨てないでほしいと懇願するはつねを哀れに思った。

長崎の遊女は、日本人だけを相手にする『日本行き』、日本人と唐人両方を客とする『唐人行き』、そして、オランダ人としか関わりが持てない『出島行き』の三種に分かれていた。出島行きは、人種差別的偏見や文化や言葉の違いもあったために、敬遠する遊女がほとんどだった。

出島行きになる遊女は、日本人や唐人からあまり相手にされない、いわゆる売れない女が多かったが、中にはオランダ人に課せられた法外な揚げ代（代金）やオランダ人からのべっ甲細工や反物などの高価な贈り物を貰い受けることを良しとし、割り切って自ら出島行きを希望する遊女もいた。

だが実際にオランダ人に接してみると、穏やかな気質で女性を大事に扱うことも身をもって分かり、逆に出島に人心地を覚える遊女も多かった。

その代わり、いったん出島行きとなると、日本人や唐人の客を取ることは許されず、したがって出島に住む数少ないオランダ人の客をしっかりと掴んでおかなければ遊女として稼ぎは成り立たたない。また、そうなると店側から冷遇を受けるのはもちろん、きつい折檻を受け肉体的にも精神的にも苦痛を強いられる場合もあった。

丈吉は残り四通の手紙にも目を通した。しかし、はつねのように絵半切りを使い、丁寧な字体で季節感を含んだ身近な出来事を表した前文や、相手の事を思いやるような書き込みなどほとんど見られない。もっぱら、自分の売り込みと金子や贈品をねだるといった営利的な内容ばかりが目立つ。

丈吉はまず、はつねが書いた手紙から丁寧に蘭訳し始めた。

二

二日後。銀之助はその日の勤めが終わり、丈吉の家に向かうために出島の通詞部屋を出た。甲比丹部屋の裏から本通りに抜けると、短い口笛の音がした。銀之助が振り向くと、主席書記部屋の建屋前で片手を上げた部屋主のフィッセルの姿があった。銀之助が近付くと、フィッセルは辺りを気にしながら小声で言った。

「ギン、ちょっと話があるんだ。これから僕の部屋に来てくれないか?」

フィッセルはこの時二十三歳。年齢が近いことと互いに言葉や文化を教え合う仲でもあり、気さくに話が出来る間柄だった。銀之助は「はい」と返事をしかけて慌てて首を振った。

「駄目です。無断で通詞が一人で商館員の部屋に行くことは禁じられています。出島乙名の許可が必要です」

「ああ、そうか。まったく規則がうるさい所だな。まるで監獄だね、ここは」

銀之助が、いたずらっぽく言った。

「では、オランダの監獄では酒が飲め、遊女も呼べるのですか？」

だがフィッセルは硬い表情のまま、いつものように冗談交じりに切り返してこない。

「その遊女のことで相談があるんだ。すごく深刻なことでね。でも、ここでは話しにくい」

かなり思い詰めた顔付きだが、遊女が関連する話なら大した内容ではあるまい、と銀之助は微笑して東側を指した。

「では、植物園の方へ行きましょうか。あそこなら人もあまり来ません」

フィッセルは了解し、二人は並んで歩きだした。出島は長崎西奉行所の眼下に位置し、長崎港の奥に埋め立てにより築島されている。島は扇形を成し面積は約四千坪。ある商館医は縦（東西）２３６歩、横（南北）８２歩と記録している。

出島はもともとポルトガルとの交易時代に、キリスト教弾圧と貿易振興という目的から一六三六年に造られた。だが直後に起こった島原の乱を機に幕府はキリスト教の流入を防ぐためにポルトガル人を追放し来航を禁じた。

その後に平戸の地で交易が許されていたオランダ人に対し、キリスト教の布教はやらないという約束で一六四一年に監視の行き届く長崎の出島に商館を移転させたのである。

オランダ商館員は日本に滞在中は基本的にここから出られない。また日本人の出入りも厳しく規制されていたが、遊女の出入りは幕府を通じて長崎奉行が許可していた。しかし、当然行きと帰りには探番（門番）による衣改めなどによる厳しい取り締まりが執り行われていた。

「今日は幾分、寒さが和らぎましたね」

「……うん」

夕日を背に銀之助は声をかけたが、フィッセルは顔を前に向けたまま気のない返事をしただけだった。

植物園は出島の東側に位置する。そこでは観賞用の花から野菜、薬草まで狭い土地にさまざまな草木の育成をしていた。行き止まりとなっている外壁の手前は豚や牛小屋となっており、二人は少し離れた玉突き（ビリヤード）場がある建屋の前で立ち止まった。フィッセルが振り向き、真顔で銀之助を見据えた。

「ギン。君のお父さんはとても立派な人だ。これまで蘭日のために多くの業績を残し、長崎奉行からも甲比丹からも絶大な信頼を得ている。そして、その血が流れている君も聡明で、将来有望な青年だと僕は確信している」

いつにないフィッセルの眼差しと言い回しに、銀之助は当惑した。

「どうしたんです。いったい何があったと言うんですか？」

「まず、約束してくれないか？　これから僕が言うことは、けして誰にも話さないと」

銀之助は躊躇したが頷いた。前もって遊女のことだと聞いていたので、まだ気持ちに余裕もあった。フィッセルは少し間をおいて口を開いた。

「ないんだ、『聖書』が。いつの間にか部屋の寝室にある本棚から消えた」

銀之助は、眉をひそめて聞き返した。

「今なんと言いました？　何が消えたと？」

フィッセルは再び辺りを見回し、やや顔を紅潮させて言った。

「聖書（Bijbel）だよ。君、分からないのか？」

銀之助は一瞬、めまいを覚えた。

「まさか……でも、なぜです？」

「なぜって、こっちが聞きたいよ」

「いえ、私が言いたいのは、なぜ聖書を持っているのかってことです。キリスト教に関する書物や聖具の持ち込みはご禁制のはず」

銀之助の声が高いので、フィッセルは自分の唇の前で人差し指を立てた。

「そうだ。確かに入港してきたオランダ船の聖書や聖具は木箱に入れてくぎを打ち封印される。だが、ここ出島のオランダ商館には昔から聖書は置いてあるんだ。つまり、行事などで自分たちだけで祈りを捧げるために使用する分には暗黙の了解で認められているんだよ。これは、君のお父さんだって知っていることだと思うよ」

銀之助は目を瞬いた。

「そうだったんですか……。私は知りませんでした」

「日本人だって祭りや行事では神仏に祈るだろう。僕らだって同じだ。それに、君も知ってのとおり、我々商館員は絵踏みだってやらなくていいことになっている」

銀之助は頷いた。フィッセルは続ける。

「だが、これはオランダ人が日本でのキリスト教の布教はもちろん、日本人とキリスト教での関わりを一切持たないという誓約があり、それがずっと厳守されてきてからだ」

そこで銀之助は、疑問を投げかけた。

「でも、なぜそんな大切な本が甲比丹部屋ではなく、あなたの部屋にあったのですか？」

「聖書類は盗難や火災での焼失を防ぐために甲比丹部屋に新約聖書、隣のヘトル部屋に詩篇、そして首席書記の僕の所で旧約聖書を保管しているんだ。もちろん普段は、鍵付きの机の引き出しにしまってあるんだが、ひと月ほど前のクリ……いや、冬至祭のときに出して甲比丹部屋へ行ったんだ。あの日はかなり酔って帰ったのでとりあえず本棚に置いて寝てしまい、そのまま取り忘れてしまっていたんだよ。それで五日ほど前に急に思い出して、元の場所にしまおうと本棚を見たらなくなっていたというわけさ。それから、眠れない日がずっと続いている」

改めてフィッセルの顔を見ると、顔はやつれ、目も充血している。

冬至祭りというのは、クリスマスの祝いを公に出来ないオランダ商館員が、日が近い太陽暦十二月二十二日の冬至の日を冬至祭と称して催していた祝宴である。これには奉行所の役人を始め通詞達も不信感を抱かなかった。ちなみに旧暦では十一月下旬である。

「あなたは、遊女が聖書を盗んだと思っているのですね。その訳は？」

フィッセルは、ため息交じりに語った。

「まず、冬至祭のあとに僕の部屋に上がった商館員はいない。毎日、甲比丹部屋で昼夕食事のたびに全員顔を合わせているしね。それに、出島では聖書が重要書物だという事は周知されているし、甲比丹の許可があれば閲覧も可能だ。盗む必要などない」

「置いた場所は、あなたの記憶違いとかではないですね？」

「ない。実は半月ほど前に一度目に付いて、早く片付けないといけないと思ったんだ」

「ふむ。あなたの部屋に出入りしている遊女は二人でしたね。ええと……」

「八千代とはつねだ」

銀之助は腕を組んで考えた。

「しかし、遊女が盗むんだったら金子や装飾品にすると思いますがね。これまでに前例もありますし。それに、書物なんて外に運び出すのが難しい。帯や着物の中に隠しても、すぐ表門で探番に発見されますよ。まして、彼女らには全く価値も必要もない代物だ」

「盗んだ理由なんて後回しでいい。それに、まだ出島の中にあるなら好都合だ。とにかく表沙汰にならないうちに、一刻も早く戻してもらわないといけない。もし、奉行所にでも知られたら大変なことになってしまう」

「その件、二人に問いただしてみましたか？」

「ああ。七日に八千代、八日にはつねを呼んでね。もちろん本が聖書とは言っていないが。だけど、揃って知らないの一点張りだ。事の重大さを伝えたいが、僕の片言の日本語じゃどうにもならない」

銀之助は、フィッセルの意図が分かった。

「私に、その役目を託したいのですね？」

「そうだ。僕には君しか頼む人がいない」

フィッセルは、すがるような眼差しで銀之助を見つめた。

「甲比丹には相談しなくていいのですか？」

「それは最後の手段だ。ギン、僕は誰も苦しめたり傷つけたりしたくない。だから、彼女たちにも聖書を返してくれれば責めたりしないと伝えてほしい。いや、代わりに欲しいものがあれば出来るだけ応える用意があると」

銀之助は視線を宙に這わせて思案した。確かに今の段階ならまだ聖書が無事に戻る公算はありそうである。それに、フィッセルの考えにも共感するものが十分ある。

「では、私と彼女たちが接触出来る機会を作ってもらわないといけませんね。まさか遊女屋まで出かけて聞くわけにもいきませんから」

フィッセルは表情を緩め、銀之助の肩をつかんだ。

「ありがとう、恩に着るよ。だが、もしもの時は君にも迷惑がかからないようにする。君は僕に頼まれて辞書探しを手伝ったことにしてくれればいい。さっそく明日に八千代。明後日にはつねが来るように手配しよう」

「分かりました。ついでに出島乙名にも私があなたの部屋に上がれるよう、口実を作っておいてください」


一昨日より寒気は弱まっていたが、丈吉の家に向かう銀之助は背中を丸め、足取りも重かった。フィッセルの頼みを引き受けたものの、考えれば考えるほど不安が募ってくる。もし聖書が出島の外で見つかれば、奉行所による徹底した捜査が行われるだろう。当然、すぐ出処は知れるはずだ。

たとえ遊女が盗んで持ち出したにせよ、重要物の管理不足で盗まれたフィッセルも国外追放などの大罪になる可能性が高い。無論、盗んだ遊女もそれが聖書と知らなかったにせよ厳罰になるのは間違いない。そして、フィッセルに協力した自分はどうなるか。

フィッセルは辞書探しに協力させたことにすると言っていたが、果たしてそれが通用するだろうか？　もし自分が聖書だと知っていたことが発覚すれば直ちに通詞の任を解かれ、奉行所の白州で裁きを受けることになるだろう。前代未聞の事件であり、どのような罪になるかは想像もつかない。また大通詞である父も何らかの処罰は免れないだろう。代々オランダ通詞、蘭学の名門として地位を築いてきた楢林家はどうなってしまうのか……。

　黄昏時となり、空腹も重なって胃の腑がしくしくと痛み出した。銀之助は閉店間際の八百屋で伊木力みかんを数個買って袖に入れ、一つを口にしながら歩いた。


「なんか、風邪のひどうなっとるごたるな」

　丈吉の部屋に上がった銀之助が、オランダ語に訳された五通の手紙を受けとりながら言った。丈吉は一昨日と同じように綿入れ半纏姿で、丸火鉢にぴたりと体を寄せていた。

「はあ。葛根湯ば飲みよるとですが、いっちょん効かんです。今日は会所目付からも、治るまで出て来んでよかて言われました」

　丈吉は時々咳き込みながら、みかんの皮をむいている。

「ばってんが、今日は銀之助さんも元気がなかやかね。おいの風邪がうつった

郵便はがき

料金受取人払郵便

長崎中央局
承認

3390

差出有効期限
2025年10月
31日まで
(切手不要)

850-8790

長崎市大黒町3－1
長崎交通産業ビル5階

株式会社 長崎文献社
愛読者係 行

本書をお買い上げいただきありがとうございます。
ご返信の中から抽選で50名の方にオリジナルポストカード(5枚)を贈呈いたします。12月末抽選、発送をもって発表にかえさせていただきます。

インターネットからも送信できます↑

フリガナ お名前	男・女 歳
ご住所 (〒　　　ー　　　)	
Eメール アドレス	
ご職業 ①学生　②会社員　③公務員　④自営業 ⑤その他(　　　　　　　)	

ご記入される情報は適切に保管いたします。

◇ 愛読者カード ◇

ご記入日　　年　　月　　日

本書の タイトル	

1. 本書をどのようにしてお知りになりましたか

①書店店頭　②広告・書評（新聞・雑誌）　③テレビ・ラジオ
④弊社インスタグラム　⑤弊社ホームページ　⑥書籍案内チラシ
⑦出版目録　⑧人にすすめられて　⑨その他（　　　　）

2. 本書をどこで購入されましたか

①書店店頭（長崎県・その他の県：　　　　）　②アマゾン
③ネット書店（アマゾン以外）　④弊社ホームページ　⑤贈呈
⑥書籍案内チラシで注文　⑦その他（　　　　）

3. 本書ご購入の動機（複数可）

①内容がおもしろそうだった　②タイトル、帯のコメントにひかれた
③デザイン、装丁がよかった　④買いやすい価格だった
⑤その他（　　　　）

本書、弊社出版物についてお気づきのご意見ご感想ご要望等

（ご感想につきましては匿名で広告などに使わせていただく場合がございます。）

ご協力ありがとうございました。良い本づくりの参考にさせていただきます。

とかな？」

「いや、おいは風邪やらめったにひかん……」

銀之助は、聖書の一件が頭から離れないでいた。丈吉が手を止めて顔を上げた。

「あ、元気がなかて言えば、はつねって人の手紙もいつもと違っとったね。なんか、客のオランダ人から冷たくされたごたるよ。気の毒な感じやった」

——はつねが冷たくされた？

銀之助は素早く反応し、手に持つ手紙を畳に並べた。

「その手紙はどれや？」

「左端のやつばい。そげん血相ば変えてどうしたと？」

銀之助は返事をせず、はつねが書いた文を取り出して開き、一読すると畳の上に置いて溜息を漏らした。

「ちがうな」

「なんがね？　どこか訳がおかしか？」

「いや……。てっきりこの女が冷遇された腹いせにやったと思うたとやけどな。この手紙は九日に出しとるけん、八日にフィッセルに問いただされた時のことば書いとることになる。つまり、この手紙は手掛かりにはならん」

丈吉は首を傾げた。

「なんね？　腹いせとか、手掛かりにならんとか。話が見えんとけど？」

「ああ、出島でちょっとした問題が起きとるもんでな。気にせんでくれ」

丈吉は上目づかいで銀之助を見た。

「そのフィッセルっていう人と、はつねさんとの間にね？」

「いや、まだはつねとは決まっとらん。ほかの遊女も出入りしとるしな」

「その商館員は、たしか主席書記やろ？　遊女ばっかかし悪者にしとるごたるけど、その人の方は信用出来ると？　どげん人物ね？」

銀之助は手紙を元に戻しながら言った。

「フィッセルはまだ二十三歳と若かけど、バタヴィアのオランダ東インド会社の一等社員として出島にやってきたらしか。裕福か家庭に育ったらしゅうて教養もあるばってん、なにしろ探究心が強うして、今は日本の風土や文化、歴史まで熱心に勉強しよるよ。人柄も明るく温厚で、商館長こと甲比丹にも気に入られてすぐに主席書記に抜擢されたし、去年の江戸参府にも特別に同行したほどばい。近い将来、甲比丹になってもおかしくなか」

丈吉の顔に、やや落胆の色が浮かんだ。

「そげん立派なお方とは……。おいはてっきり高慢な男って思っとった。若くして甲比丹候補とか、すごかね」

「そうたい。まるで誰かさんの再来やな」

「誰かさん？」

丈吉がまた首を傾げる。銀之助が白い歯を見せて言った。

「鈍かな。先々代の甲比丹、ヘンドリック・ドゥーフ。お前の父親じゃなかか。ええ？　道富《どうふ》丈吉さんよ」

丈吉はハッとしたような顔つきになり、照れ笑いを浮かべた。

「もしお前が商館員やったら、フィッセルに負けんくらいに頭角を現したやろうけどなあ」

銀之助の言葉に丈吉は表情を曇らせた。

「おいは、日本人ですよ。商館員にはなれんです……。ところで、出島でいったい何があったとですか？　気になるじゃなかね」

　銀之助は、とぼけ顔で話しを逸らした。

「そういやお前は、はつねに気があるようやな。この間もどげん人ね？　って聞いたし」

「いや、そいは、手紙ば訳する時にその人の歳や性格やらば知っとった方が書きやすかけん……」

「ほう。ばってんが、ほかの女の事はめったに聞かんじゃなかか。ふふ、まあよか。前にも言うたが、あの遊女は自分から出島行きを希望したんじゃなかかと思う。理由は知らんが、年の頃は十七、八でなかなかのべっぴんときとる。あれなら日本人だけ相手にしても、すぐに太夫になって稼げたやろうからな」

「ふーん。じゃあ、どんな訳があるとですかねえ。やっぱ出島でしか手に入らん珍しか物が目当てかなあ。お、このみかん甘か」

　丈吉が美味しそうにみかんを食べる仕草を見ながら銀之助も同じ事を考えた。確かに何かひっかかるものがある。しかし、まだそれは頭の中で輪郭さえ帯びてこない。

銀之助は思った。今日フィッセルから信頼されて相談を受けたように、自分には出島とオランダ人を熟知している丈吉が頼りになる存在だと。

「丈吉。さっきの件な、今はまだ話されんばってん、明後日までに解決の糸口が見つからんかったら、お前に相談するかもしれん。その時はよろしく頼む」

丈吉は咳き込んだ後、フィッセルと同じく緑色の瞳を向けてにっこり笑った。

「Ik Begrijp（わかりました）」

三

翌日。昼餉の後、銀之助はフィッセルの部屋へ出向いた。フィッセルは通詞目付と出島乙名に、昨年の江戸参府の紀行文を仕上げるにあたり、まず気心の知れた銀之助に下読みしてもらいたいと甲比丹を通して願い出、許可が下りていた。

主席書記部屋は二階建てで、一階は事務室、二階が居室となっている。銀之助が一階から声をかけると、フィッセルが下りてきた。

「ギン、わざわざすまないね。今、八千代が二階の居間にいる。無くなった本の事で君と話をするようにと伝えているから、よろしく頼むよ。禿《かむろ》（遊女の世話係の少女）は僕と事務室で動物図鑑を一緒に見ることにしている。

銀之助は頷き、腰から刀を外した。フィッセルは禿の手を引きながらすれ違いざまに言った。

「分かっていると思うが、くれぐれも『聖書』とは言わないように注意してほしい」

「心得ています」

二階に上がると、短い廊下の左側が居間になっている。ふすまは開けられており、八畳ほどの部屋にペルシア絨毯が敷かれていた。応接間も兼ねているようで、中央に丸いテーブルと四つの椅子があった。その一つに梅の花が描かれた赤い打掛をまとった女が座っていた。その女は銀之助を見ると椅子から降りて膝をついた。

「あー、堅苦しい挨拶はよかばい。椅子に座わっとかんね」

と、銀之助は対面に腰かけた。

「八千代さんやね。おいは通詞の楢林っていうとばってん、顔くらいは知っとるやろ?」

八千代は小声で「はい」と返事をした。歳は二十代半ばに見えた。遊女としては年増のほうである。けして美人とはいえないが、色白でふくよかな体つきも相まって物柔らかな印象を受けた。

「ここ出島で、時々お顔は拝見しておるです」

「うむ。今日はフィッセルさんからの頼みで、あんたに聞きたかことのあるとさ」

八千代は困惑の色を滲ませながら言った。

「書物の無くなったことでしょう？　フィッセルさんから何度も聞かれましたばってん、うちはなんも知らんとですよ。掃除や片付けはよくするですが、机の上とか書物には触らんごとしとるです」

「そうね。べつにあんたがどうかしたと決めつけとる訳じゃなかけど、フィッセルさんも相当にお困りのようでな。なんでも、ものすごか大事な書物で、見つからんかったら責任ば取とらんばいけんらしかけん」

「そいはお気の毒ばってん……。知らんもんはどうにもならんです」

銀之助は声を低くして言った。

「もし盗んだ者がおったら、そいつも当然重罪で奉行所の裁きを受けることになる。小物の盗みと違い、刑も叱りや手鎖では済まされんばい。フィッセルさんは、今ならまだ咎めもせんし、正直に返してくれたら逆に好きな褒美ば与えると言いようすが、どがんね？」

八千代は急に真顔となり、背筋を伸ばした。

「通詞さん。うちはあと三か月で年季奉公が終わるとですよ。十年以上、丸山で辛か商売ばして、ようやく堅気になれるとです。この期に及んで、お縄になるようなことはしません。そいに、こげん売れんうちば出島に呼んで優しゅうしてくれるフィッセルさんには言葉にならんくらいに感謝しとります。けして困らすようなことはいたしません」

八千代の凛とした態度に、銀之助も気勢をそがれた。

「うむ。分かった。フィッセルさんにも今の言葉、伝えておく。では、今日はこれまでにしとこう。念のために言うとくが、このことは誰にも話したらいけんばい」

八千代が頷くのを見届け、銀之助は立ち上がった。

階段を下りると、フィッセルがすぐに詰め寄った。

「どうだった？」

銀之助は首を横に振った。

「やはり知らないとのことです。そして、お世話になっている貴方に感謝している。困らせるようなことはけしてしない、と言い切りました」

フィッセルは、がっくりとうな垂れた。

「そうか。八千代は心優しい女性だ。時には母のように、また姉のように……。僕はこれまで彼女にどれだけ癒されてきたか。彼女を疑ったりして悪いことをしてしまった」

「待ってください、まだ疑いが晴れたわけではありません。情に流され、ここで気を許してはいけません」

「――そうか、そうだね。やはりギン、君に相談してよかった」

「私に礼を言うのもまだ早いです。明日は、はつねの番ですね。段取りの方、よろしくお願いしますよ」

銀之助は、フィッセルの肩をぽんと叩いた。


明けて十四日。前日と同じ時刻に、銀之助は再び主席書記部屋の応接室への階段を上がった。閉められているふすまを開けると、女が絨毯の上で土下座している姿が目に飛び込んで驚く。

「あっと、頭ば上げんね。おいは奉行所の役人じゃなか。ちょっと話しば聞きたかだけやけん」

女は伏し目がちに顔を上げ、「はつねにございます」と呟くように言った。

「さ、立って椅子に座らんね。オランダ人は土足で家の中ば歩くけん、着物の汚れるばい」

はつねは無言で椅子に着いた。銀之助もまた対面に座る。外は時折みぞれが降り、部屋の硝子窓を冷たく濡らしていた。テーブルの近くには、唐物と思われる鮮やかな龍が描かれた染付火鉢が置かれている。

「おいは通詞の楢林っていうとばってん、フィッセルさんからあんたに尋ねてもらいたいことのあるって頼まれてな」

はつねはゆっくりと視線を銀之助に向けた。八千代と違って面長で瞳が大きく、まつ毛が長かった。自分より年下のはずなのだか、その全身から醸し出される色香に、思わず息を呑んだ。

「書物のなくなったことですか？」

「おっおう、そうたい。とても大事な物らしゅうて、フィッセルさんも困り果てておられる。あんた、何か知らんね？」

はつねは、ゆっくりと首を横に振った。

「書物なんか手に取ることもありません。見てもオランダ語は全然読めんですし」

「ふむ。しかし、人にはつい出来心ってもんが湧き起こることもある。たとえ必要な物でなくても、ちょっと相手を困らせてやろうとか、驚かせてやろうと思った時とかにもな。フィッセルさんは、今なら正直に戻せば褒美ば与えると言いよんなる。しかし、盗んだままやったら奉行所に届けるとも言うた。そしたらどげんことになるか、分かるやろう？」

「うちは……」

今度は薄く艶笑して答え始めた。藍色の打掛を着ているせいか、歳よりもずっと落ち着いて見える。

「大切なお客様にそげんことは致しません。嫌われでもしてここに呼んでもらえんごとなったら大変ですけん。通詞さんも、うちら出島行きは、ここでしか商売されんことはご存じでしょう？　そいに、そん書物はどこかに置き忘れとって、そのうち出てくるごたる気がしますばってんねぇ」

銀之助は無言で軽く頷くと、はつねに対して別の疑問を投げかけた。

「ところであんた、なんでオランダ人ば相手にしとるとね？　あんたほどやったら、日本人だけでん十分客は取れるやろうに」

はつねは、視線を窓の方へ移した。

「うちは、商売に失敗した父親の借金が膨らんで丸山に身売りされたとですが、今度はそん父親が労咳にかかって、しかも介抱ばしよったお母っさんにもうつってしもうたけん、お医者や薬代にお金のかかるとです」

銀之助は眉を寄せ、座り直した。

「両親揃って労咳に……。そいは気の毒やな」

はつねも目を潤ませて正面を向いた。

「うちの身売り金は借金の返済でほとんどなくなったけん、親戚たちから十四になる妹ばまた身売りに出せばって話が持ち上がっとるとです。うちは、そいだけはさせとうなか。絶対に」

銀之助は理解した。ここ出島でオランダ人から贈られた品は、出島の乙名組に届け出れば遊女の物となり、不要な物は売って金に換えることも出来る。はつねはその金で、世話をしている親戚に謝金を支払い、また親の治療費や家人の食い扶持に充てているのだ。

「言いにくかことば聞いてすまんやったな。悪いが急いどるけん話ばもとに戻すばってん、書物のことは本当になんも知らんとやな？」

はつねは姿勢を正した。

「はい。さっきも言うたとおり、出島におられんごとなるようなことは致しません」

昨日の八千代と同じような言明だった。銀之助は椅子から腰を浮かせた。

「分かった。今はここまでにしとこう。また話ば聞くかもしれんがな。そして今の話は、くれぐれも他言無用にしとってくれんね」

はつねが銀之助を見上げた。

「もし、その書物が見つからんやったら、フィッセルさんはどうなるとですか？」

「さあな。前例がなかけん、はっきりとは言えんが、門外不出の重要書物だけに軽くても次の船で国外追放となり、二度と出島には戻って来れんやろうな」

「国外追放……」

「ばってん、フィッセルさんより盗んだ者の方が当然刑は重か。おいが思うに、死罪となってもおかしくなかほどたい」

はつねは緊張した面持ちで立ち上がった。

「分かりました。うちも、あとでフィッセルさんと一緒に探してみます」

銀之助は部屋を出て一人階段を降りた。フィッセルは昨日と同じように待っていた。

「どうだった？　何かつかめたかい？」

銀之助は頭を掻きながら答えた。

「いや、何も。はつねも両親の病や妹の身売り問題まで抱えていて、とても危険な行為をするようには思えませんでした」

「そうだよな。はつねの境遇には僕も心を痛めている。でも彼女は辛い顔を見せず、健気なほど前向きに生きている。そんなところがオランダにいる僕の幼馴染のアレッタって娘に似ているんだ。彼女も今、ロッテルダム港にある船乗り相手の酒場で働いているが……」

会話が途切れる。二階からはつねが禿を呼ぶ声がし、二人の間を抜けて速足で上がって行った。銀之助が尋ねた。

「どうします？　こうなったら甲比丹に相談しますか？　そうなると、必然的に奉行所にも届けが出されるでしょうが」

「だが、そうなれば二人とも奉行所の役人に捕まってしまうだろう？」

「それは間違いありません。そして厳しい吟味を受け、正直に白状しなければ拷問も……」

フィッセルの顔色が変わった。

「だめだ、そんなこと。まして、まだ二人が盗んだという証拠もないじゃないか」

「しかし、あの二人が怪しいと言ったのは貴方ですよ」

「だ、だからこそ真相を突き止めた上で穏便にすませたいんだ。ギン頼む。僕にもっと力を、知恵を貸してくれ」

銀之助は、暫しあごを摘まんで思案した。

「ではこの件、私も頼れる人物に相談してもいいですか?」

「それって、君のお父さんのことかい?」

「いえ、父は職務に忠実な性格です。きっと言ったとたんに奉行所に告発するでしょう」

フィッセルは不安げに首を傾げた。

「じゃあ誰だ? 僕が知っている人物かい?」

「今は言えません。ただ、出島やオランダ人、遊女に対しても精通している人物です」

「分かった。僕は君を信じるほかない。あとは任せる。それから、この件が落ち着くまで彼女らを出島へ呼ぶのは控えることにするよ」

四

「銀之助さん。本当に遊女の仕業だろうか？」

その日の夕刻、銀之助は丈吉の部屋にいた。銀之助はそれまでの経過を丈吉に説明し、意見を求めた。ただし、丈吉の家族に話を聞かれてはまずいので、銀之助の提案により二人はオランダ語で会話を交わしていた。

「俺もそう思うが、フィッセルの話から推測すると、やはり遊女なんだよなあ。はつねは、どこかへ置き忘れていて、そのうち出てくるんじゃないかって気楽な事を言っていたがな」

「そうですね。遊女たちが聖書を盗む理由も見当たらないですしね」

布団の上にあぐらをかいている丈吉が言った。時折激しく咳き込むので、鼻と口を手拭いで覆っている。銀之助は、ようから出されたぬる燗をちびりと飲んで言った。

「そこなんだ。でもさ、書物ならなんでもよかったのかもしれないな。なにせ、彼女たちはオランダ語が全く読めないだろうし。たまたま盗んだ書物が聖書だったってことも考えられないか？」

丈吉が、手ぬぐいをめくって玉子酒を飲む手を止めた。

「銀之助さん、さっきから引っかかっているんですが……。もし、犯人が聖書だと知っていて盗んだとしたら、どうです？」

銀之助が目を見開いた。

「え？　どうして聖書だと分かるんだよ」

「おれは出島に住んでいたころ、父上から聖書を見せてもらったことがあります。聖書ってのは、神がどのように人間を造ったかや、人間はどう生きるべきかなんかが書かれているんですが、要所要所に挿絵もたくさん刷られいます。それこそ、キリストやマリアなどがたくさん描かれていました」

丈吉は生まれてから九歳まで、父親のヘンドリック・ドゥーフと母親のようの二人で出島の甲比丹部屋で暮らしていた。そこで自然と日蘭双方の言葉や風習を身につけていたのである。

「ふむ。まあ、長崎に住む者なら年に一度の絵踏みを経験するから、キリストやマリアの絵を見ればそれがキリスト関連の書物だと分かるだろう。しかし、それなら尚更のこと恐れおののいて手が出ないんじゃないか？」

「そこですよ。でも、こういう考えはどうです？　厳しく禁圧されていた物をついに目の当たりにし、思わず手が出てしまったと……」

銀之助は、胸の中でかかっていた靄が晴れ始めると同時に顔が青ざめていった。

「ま、まさか犯人は、『キリシタン』だと言うのか？」

丈吉は無言で頷いた。

「しかし、キリシタンは長崎ではここ百年以上摘発されていないはずだ」

「表面的にはですね。しかし、キリシタンがいるという噂は長崎ではずっとあったじゃないですか。奉行所側も常に監視役を市中に張り巡らせていますしね」

「だが、踏み絵を拒んだものがいたという話も聞いたことがないぞ？」

「あれはすっかり形骸化されていて、長崎の冬の風物詩みたいなものですよ。死をも覚悟して長年潜伏してきた信者が、あんなもので転ぶだなんて荒唐無稽だと思いませんか？」

銀之助は急にのどの渇きを覚え、とっくりを掴むと酒をがぶ飲みした。

「これは大変なことになったぞ。聖書の盗難だけでもただならぬ事態なのに、キリシタンがいただなんて、こりゃ幕府も揺るがす一大事になりかねんぞ」

丈吉も玉子酒をあおったが、すぐにむせた。

「まだ推測の段階です。しかし、この線は追究したほうがいいでしょうね」

「うむ。でも、どうやって？」

「聞いても白状するとは思えませんから、二人の身辺を内密に調べてみましょう。特に出生地は少なくとも親の代まで探ってください」

「分かった。さっそく明日から動こう。しかし丈吉。もし、はつねがキリシタンだったらどうする？」

丈吉は胸を擦りながら、苦しそうに言った。

「おれは、キリシタンを否定するつもりはありません。だけど、今の日本ではやはり身を潜めて静かに祈るのが賢明です。どちらが犯人だろうと、本人のためにも関わりのある人たちのためにも聖書は無事に返してもらわなければなりません。そしてその後は、我々も含めてこの件は忘れることです」

銀之助は、にやりとして立ち上がった。

「その言葉を聞いて安心した。調べがついたらすぐに報告に来るよ」

翌日の朝、銀之助は早めに出島に向かい、表門近くの物陰である人物を待っていた。

「樒林さんじゃなかですか？　こげんところでどうしたとですか？」

手に息を吹きかけていると声をかけられた。コンプラ仲間の小太郎だった。

「よお。ちとお前さんに頼みごとのあってな」

「あら珍しか。なんか面倒か買い物ですか？」

小太郎は出島でオランダ人が日常生活に必要な物資を買い集める雑役をしていた。コンプラとはポルトガル語のコンプラドール（仕入れ係）に由来する。銀之助とは同い年で、役目を通じてちょくちょく顔を合わす間柄だった。

「どうや、最近こっちの方は？」

銀之助はツボを振る仕草をした。小太郎は苦笑いして言った。

「もう、出島の前でやめてくれんですか。賭博はご法度やけん。相も変わらずですよ。負けが込んで飯もろくに食えんです」

人は良いが博打好きが欠点だった。だが、仕事ぶりは堅実な男である。

「そいはいかんな。なら、ちょっとおいの私用で仕事ばしてくれんか？　なに謝礼はそれなりに出す」

銀之助は懐から一分銀を取り出した。一両の四分の一の価値である。小太郎は目を白黒させた。

「うわ、こげんくれるとですか？」

銀之助は手を握り、一分銀金を隠した。

「ただし条件のある。この仕事のことは誰にも言わぬこと。それから回りに妙な勘繰りを持たれぬよう、自然に振る舞うこと」

「はあ。そいはもう、そいはもう……」

小太郎は銀之助の拳に目を奪われている。

「仕事というとは、出島に出入りする遊女二人の身辺を調べることたい。一人は千寿屋の八千代。もう一人は伊万里屋のはつね。知っとるか？」

「はい。ちょくちょく見かけるんで、顔と名前は分かるですが」

「うむ。特に女たちと、その親の出生地も調べてもらいたか。よかか?」

「はい。丸山の男衆には知り合いもおるです。お安いご用で」

「そうか。丸山に行くのなら金もかかるな。よし、この金はその費用に使え。うまく仕事が出来たららもう一分出す」

小太郎は一分銀を受け取ると、目を輝かせた。

「こげんよか仕事はなか。ちゃんとやるけん、まかせとってくれんね」

「出来るだけ急いでくれ。それと、その金で博打するとじゃなかぞ」

五

翌夕。銀之助が勤めを終えて表門を出たところで、今度は小太郎が待ってい
た。調べがついたらしい。二人は出島からほど近い築町の小料理屋へ入った。
店は込んで騒がしかったが、かえって話しやすかった。
「二人のこと、分かったとか？」
銀之助が、小太郎の盃に酒を注ぎながら言った。
「はい。八千代は佐賀の生まれらしかです。なんでも幼かときに両親ば亡くし
て、親戚に預けられたごたるですが、だまされて丸山に売られたとでしょう
な。まあ、丸山ではよく聞く話ではありますばってん」
小太郎はうまそうに酒を飲み、鯖の味噌煮に箸を付けた。
「ふむ。つまり、身寄りはおらんとやな？」
「はあ。少なくとも長崎にはおらんでしょう。なんしろ長崎には生家もなかし
親類も幼馴染もおらんけん、これ以上は調べようがなかったです」

「そうか……。はつねの方はどうやった？」

小太郎は、歯に詰まった小骨を指先で取りながらから答えた。

「そっちやったら結構分かったですよ。あん娘は浦上村の山里の生まれで、親も土地のもんのごたるです。両親とも労咳で床に伏しとるそうで、特に親父の方は死にかけとるっちゅう話ですばい」

「妹がおると聞いたが？」

「はあ。妹は親戚に預けられとるらしかです」

先日フィッセルの部屋ではつね本人から聞いた話はどうやら本当のようである。しかし、この程度の調べではいかんともしがたい。

「ほかに何か分からんかったか？」

「はあ。こいでも結構苦労して何人かに話ば聞き出したとですけどねえ。――楢林さんはいったい、あん二人のなんば知りたかとですか？」

「そいは知らん方がお前さんのためたい。もうよか。御苦労やったな。ここはおいが払っとく。念を押しとくが、こん話は他言無用ぞ」

席を立とうとした銀之助を小太郎が呼び止めた。

「あのう、残りの一分は？」

銀之助が丈吉を訪ねると、こちらも床で横になっていた。額に濡れた手ぬぐいを乗せている。母親と祖父母は町の寄り合いに出ていて留守だった。

「おい、大丈夫か？」

「はあ、ちょっと熱の出てきてですね」

「医者にはかかったとか？」

「いやあ、風邪くらいで。今日は母上が薬屋から麻黄湯ば買うてきてくれたけん、こいで治るでしょう。なんしろ咳ばしたら胸のたまらんごと痛むもんやけん」

「そいはいけんな。今年は流行り風邪の当たり年らしかしな。あとで兄上に言うとくけん、明日にでも診てもらえ」

「すみません……。そいより、遊女たちのこと、何か分かったですか？」

銀之助はどかりと座った。

「いんやー。知り合いのコンプラ仲間に調べさせたとけど、耳よりの話はなかったばい。八千代は佐賀の生まれで両親はとうに死んどる。おまけに長崎には身寄りはおらんて言うし、はつねの方は浦上村の山里の生まれで、あとはフィッセルの部屋で聞いた話と同じやった。親父さんは病の悪化して死にかけとるらしかげなたい。しかし、二分銀も払って損したぞ。こん金はフィッセルに請求せんば」

銀之助が言い終わらないうちに丈吉はむくりと起き上った。文机まで這って行き、一冊の書物を取って戻った。

「銀之助さん、そん金は無駄じゃなかかもしれんよ。ちょっとこれば見てくれんね」

その書物の表紙には、長崎寛政年間史とあった。丈吉は指で挟んだ箇所を開いた。

「ほら、ここ。寛政二年に浦上村で大事件の起こっとるばい」

銀之助は書物を手に取ると篇目を読んだ。

「浦上崩れ……。太か崖崩れでもあったか?」

「違うばい。よう見てみらんね。キリシタンに関わることの事の書いとるけん」

「なんて？」

銀之助は食い入るように文字を追った。その郷土史によると、浦上崩れとは寛政二年（一七九〇年）七月、浦上村の庄屋・高谷永左座衛門の一族が自分達の信仰していた円福寺に八十八体の石仏を寄付することに決め、村人に寄進を求めたところ、多くの者から拒絶された。

これに激怒した庄屋が反対派の十九名をキリシタンとして長崎奉行所に告発したことに端を発する。銀之助は途中で顔を上げた。

「なんで寄付ば断わったけんていうてキリシタン扱いになるとや？」

「あの辺りは天正時代にポルトガル人が当時の領主、有馬氏から寄進されてキリスト教ば布教しとった土地げなです。その後、日本中でキリシタンの弾圧が始まると、よその土地からもキリシタンがたくさん移り住んで来たらしかです。もちろん禁教となった時に宗門改めはあったでしょうが」

「ああ、それならおいも聞いたことがある。しかし、天正って二百年以上も前じゃなかか。そいが今でも隠れて信仰しよるってか？　考えられんな……」

「いくら拷問にあっても、処刑されても転ばなかった信徒の末裔ですよ。隠れて祈るくらい造作もない事かもしれんです」

「しかし、浦上崩れのあった寛政二年といったら今から三十年ほど前ぞ。その時にキリシタンは一網打尽で処罰されんかったとか？」

「そいが妙な展開になっとるですよ。まあ、続きば読んで見らんですか」

言い終えると丈吉は激しく咳き込み顔を歪めた。手拭いで鼻と口をふさいで横になる。銀之助は再び郷土史に目を向けた。

入牢して取り調べを受けていた十九名に対しては、一般村民からの全面的な擁護があり、九月には長崎奉行所に出牢願いが出された。

吟味は長期にわたったが、キリシタンであるという自白はもちろん、証拠も出なかった。逆に取り調べ中に庄屋の不正事件が発覚し、永左衛門は庄屋を免職され、倅に後任を譲るよう奉行所より沙汰があった。十九名は十二月までに全員が出牢した。

「ふうむ。証拠は出ず、逆に庄屋が処分を受ける羽目になったわけやな」

「ばってん、そいで終わりじゃなかですよ。寛政四年にまた村民の五人がキリシタンの疑いで入牢しとる。どうも庄屋一族の執念が再び騒動ば巻き起こしたごたるです。奉行所も庄屋側と村民の双方ば捕らえて取り調べば行ったと書いとるです」

「そいでまたも証拠が出ず、寛政七年に村民は放免され、円福寺の本寺にあたる延命寺に詫びを入れることで事態の収拾となったとあるな」

「翌年の寛政八年に長崎奉行所が出した最終判断が、邪宗門の決定的証拠は見つからんかったたってことで幕府にも報告しとるです」

　読み終えた銀之助は書物を閉じた。

「最初の告発から六年もかかっとるな。しかし、それだけ取り調べても証拠が出らんかったとなら、やはりキリシタンではなかったたってことじゃなかか？」

「そいがですね。爺様や婆様に、そん騒動の事ば覚えとらんやろかて聞いてみたとですよ。そしたら爺様が、当時長崎の町では捕らえられた村民の家から『耶蘇教叢書』が見つかって奉行所に没収されたたって噂が流れたらしかです」

「キリスト教の教書が？　そいならキリシタンだという決定的証拠になるとじゃなかか」

「ばってんが、その後どうなったかについては分からんてです。こん書物にもそん事は書かれとらん。もっとも、こいは普通の書物問屋で売っとる代物やけん。ただ、実際に村民が急度叱り程度で放免されとるのは確かばい」

「六年間も取り調べ、教書まで出てきたというとに随分寛大な処分やな……」

首をひねる銀之助に、丈吉は天井を見つめながら言った。

「こいはおいの憶測ばってん、その六年間に江戸から来た奉行や与力、同心は何回も入れ替わっとるです。だけん十分追及出来ぬまま交代していったのではなかかなと。そいに、キリシタンが居たなどと幕府に報告すれば大問題になってその処理も大変やろうし、不手際があればその後の出世にも関わる」

「つまり穏便に済ませた、ってことか？」

「そうです。現においたちも、今回の件はそげん風にしよるじゃなかですか」

丈吉の言葉に、銀之助は複雑な表情を浮かべて言った。

「捕らえられた村民の中に、はつねの身内がおったかや、その教書の事も奉行所に保管してある犯科帳でも見れば分かるかもしれんが、あいにくおいにはそいが出来る伝はなか」

「いや、そこまで嗅ぎ回ると変に怪しまれるけん深追いはやめとく方がよかです。ここは、はつねさんが盗んだと見て真相究明ば進めましょう。おいたちの目的はキリシタンば暴くことじゃなく、あくまで水面下で聖書ば取り戻す事やけん」

銀之助は頷くと、思い出したように膝を叩いた。

「そう言えば、おいはもう一つ疑問のある。仮にはつねが聖書を盗んだとしても、どうやって出島から持ち出すのかが分からん。行きも帰りも表門には探番のおるけんな。特に遊女への検めは厳しかぞ」

丈吉は体を起こすと咳き込み、水を飲んだ。

「もしかしたら仲間のおるかもですね。出島に出入りする者に浦上村出身の人物はおらんですか?」

銀之助は眉を寄せ、暫し考えた。

「いや、地役人には心当たりがなか。一応調べてはみるが」

「出島には地役人以外にもコンプラ仲間のごと出入りする者がおるでしょう。そん中にはどげんです?」

「それなら小太郎に聞けば分かるやろ。明日、尋ねてみる」

「意外と、その線から追っていった方が尻尾がつかめるかもしれんですね」

六

浦上村にほど近い銭座町に建つ聖徳寺の境内で、銀之助は小太郎を待ちながら昼間の出島での会話を思い返していた。

「小太郎よ。また聞きたいことがあるとばってん、出島に出入りする者で、はつね以外に浦上村の奴はおらんか？」

銀之助が一分銀の半分の価値がある二朱銀を手渡すと、小太郎は喜色を湛えながらぺこぺこと頭を下げて言った。

「浦上村から通いよるとは、くすねりの三人の中で一番若い平次って男一人だけですばい」

「ああ、あのどんぐり目で背の低か奴か。顔はよう知っとる」

くすねりとは、ポルトガル語の調理を意味するコスネイロが訛ったオランダ商館専属の料理人の事である。

「平次と話がしたたか。話ば付けてくれんか？」

「分かりました。人目に付かん、出島の外がよかとでしょう?」

「そうたい。察しがよかな。ばってんが、こんことも誰にも言うなよ」

「分かっとります。あ、そう言えば、はつねの親父さんが昨日の昼、死んだそうですばい」

銀之助は目を見張った。

「え? どこで聞いたとや?」

「昨日の夜ですね、楢林さんから貰うた金で丸山に遊びに行ったとですよ。そん時に耳にしました。はつねも昨夜から主人から許しの出て家に戻っとるらしかです」

「そうか……。とにかく平次の件、出来るだけ早くな」

そして、銀之助が勤めを終えて出島を出た半刻ほど前、角で小太郎が耳打ちしてきた。

「あとで平次ば銭座町の聖徳寺に連れていきますけん、待っとってくれんですか」

日暮れ間近で、寺の境内に人影はなかった。時折カラスの泣き声が聞こえるが姿は見えない。銀之助は、蕾が膨らむ梅の木に寄りかかり二人を待った。四半刻ほどして石段を登ってくる人の気配を感じて目を向けると、小太郎とその後ろに背中を丸めた平次の姿があった。小太郎が銀之助に気付いて片手を上げた。

「お待たせしました。平次ば連れてきました」

小太郎が平次の背に手をやり前に出した。どんぐり眼は下を向いたままだった。

「ご苦労。小太郎はもう帰ってよかぞ」

「はあ。ばってん、話が済むまでその辺で待っときましょうか?」

「いや、気遣いは無用たい。ありがとうさん」

「そうですか……。そいじゃあ、ここで」

小太郎は二、三度振り返りながら石段を降りていった。

「さて、平次さんとやら、おいが誰かは分かるな?」

平次は上目で銀之助を一瞥すると、無言で頷いた。近くで見るとまだ幼さが残る顔立ちだった。

「あんた、幾つね？」

「……十七です」

「ふむ。聞くところによると、あんたは浦上村の者げなね。伊万里屋のはつねって遊女ば知っとるね？」

平次は身体をびくりとさせ、大きな眼を更に広げた。

「……うんにゃ、知らんです」

「ほう。同じ村の者で歳も変わらんとに知らんとはなぁ。ほら、昨日労咳やった主が死んだ家があるやろう。そこの娘たい」

「し、知らんです」

平次はしどろもどろになり、手の汗を着物の裾にこすり付けた。銀之助は目を光らせ、カマをかける。

「お前、はつねに頼まれて、出島からあれば運び出したやろうが。分かっとるとぞ」

平次はぎくりとして視線を上げると、今にも泣き出しそうな顔で首を横に振った。

「くすねりのお前やったら、野菜籠や料理道具の中に仕込むのは容易かろう。それに、探番も顔なじみのお前たちには検めは甘か」

平次は首を振るのを止め、身体を縮めてうつむくばかりだった。銀之助は刀の柄に手をかけ、更に凄味を利かして言った。

「あれがご禁制の物って知っとるやろうが。奉行所に捕まったら、まず死罪ぞ。ばってん本当の事ば言えば手心を加えてやってもよか」

平次は刀の方に目を向けると、蛇に睨まれた蛙のように顔を硬直させて立ち尽くした。

銀之助は睨んだまま親指でクンと鍔を押し、わずかに刃を覗かせて言った。

「もうよか。正直に話さんのならここでお前をぶった切る。お前たちはどうせ死罪になる身。ここで殺しても、おいに奉行所から咎めはなかはず」

平次は顔面蒼白となり、短い悲鳴を上げて尻を突き出すような格好で後ずさりした。だが、じりじりと間合いを縮める銀之助の方も鼓動が全身に響き渡るほど緊張し、手が微かに震えていた。

通詞をはじめ、地役人の一部は帯刀を許されているが、端的に言えば彼らは武士ではなく町民身分である。当然、刀の扱いには不慣れであり、武士道の概念などもない。だが、銀之助も必死だった。平次は膝をつき、手を組んで哀願した。

「待ってくれんですか。待ってくれんですか。おいはただ、いつものごとたみしゃんに頼まれて巾着袋ば実家に届けただけやけん。中身がなんやったかも知らんとです」

「いつものごと？　たみしゃん？　そいはどういう意味や」

平次は涙を流し、声を震わせながら言った。

「あん娘の本当の名前は、たみって言うとです。たみしゃんは、オランダ人から貰った品ば役人に届け出て換金したら手間賃ば取られるけん、小物類はおいに小遣ば渡して換金ばさせたり、実家に運ばせよったとです」

「そんなら、品の受け取り方法はどうしよったとか？」

「禿ば使っとりました。換金したか品があるときは、禿にその日のおかずば料理部屋に聞きに行かせて、そんとき禿が品の入った巾着袋ば料理部屋の裏にある乾物倉の壺の中に入れておくとです」

「なるほど。それはお前が、上手いこと外に持ち出しておったとやな。おい、この間の品はどうした？　まさか換金しとらんやろな？」

「いえ、あれは直に実家に持って行くごと言付けの書いてある文ば禿が持ってきたけん、そんとおりにしました」

「実家に？　そいで中身は見たとか」

「いえ、そんときの袋は口の縫い付けてあったけん。なんか、手のひらより少し大きゅうて四角か物でしたばってん……」

銀之助は、それが聖書だと確信した。平次はひれ伏して額を地面につける。

「お願いです。もういたしません。命だけは、命だけはどうかお助けを……」

「本当に中身は知らんとやな？」

「はい。神に誓うて」

銀之助は、それがどんな神なのか聞こうとしたが、言葉を飲み込んだ。

「おい、はつねはまだ実家におるとか？」

「はい。今日が葬式やったけん、今夜まではおるはずです」

銀之助は刀を収めた。

「よし。今は切るとは堪えてやる。ばってん、これからちょっと付き合ってもらうぞ」


銀之助が平次を連れて丈吉の家に着くと、門前で兄の金十郎と出くわした。

「やあ、兄上。来てくれたとですね」

金十郎は渋面を作ると、声を殺して言った。

「銀之助、丈吉はかなり悪かぞ」

「え？　流行り風邪じゃなかとですか？」

「最初はそうやったかもしれんが、今は肺をひどく痛めとる。肺炎ってやったい。もっと早く診ておれば、ここまでひどくはならんかったかもしれんが」

「ばってん、じきに治るとでしょう？」

金十郎は表情を変えなかった。

「ここまで悪化しとったらおいの手には負えん。帰ったら一刻も早くシーボルト先生に診てもらえるよう、父上に相談しろ」

銀之助は色を失う。

「そ、そげん悪かとですか？」

「混血児は生まれつき身体が弱くて早死にする場合が多か。丈吉が病弱やったことはお前も知っておるやろう。はっきり言うて危なか」

「なっ……」

「ばってん、まだ希望はある。シーボルト先生は薬の調合にも卓越しとる。よかか、病状ばよく伝えておくとぞ」

言い終えると金十郎は、銀之助の家がある方向とは反対の道を帰って行った。

三歳年上の金十郎は、十五歳の時に子供がいない蘭方医である叔父の家に養子となった。強引なものではなく、本人の医師を目指したいという希望もあり、実母の反対が多少あったが話は円滑に進んだ。そして次男の銀之助が父、栄右衛門の跡取りとしてオランダ通詞となったのである。

玄関で銀之助は丈吉への面会を申し出たが、ようは拒んだ。しかし、銀之助がシーボルトを呼ぶために病状を詳しく伝えなければならないと言うと、不承不承に二人を家に上げた。

部屋に行くと、床に伏している丈吉は苦悶の表情を浮かべていた。

「丈吉、大丈夫か？」

銀之助が枕元に膝をついた。丈吉は薄目を開け力なく頷いた。

「しゃべらんでよか。明日はシーボルト先生に診てもらえるごとするけん、それまでの辛抱ぞ。それからな、やっぱり聖……書物ば盗んだとは、はつねやったぞ。ここにおるくすねりの平次が、はつねに頼まれて出島からはつねの家に運んだげな」

平次は後ろで正座し、身を縮めている。

「あとは、はつねが書物ば平次に渡せば、また出島に運び入れることは難しくなか。ばってんが、はつねが返すかが問題たい。ちょうど今、親父さんの葬式の終わって今夜まで実家におるらしいが」

丈吉は布団から腕を出すと文机を指した。そこには折封された手紙があった。

「……それば、はつねさんに見せてくれんね」

銀之助は手紙を手に取った。

「こいは？　お前がはつね宛に書いたとか」

「昨日の晩に、おいが書いたけど、差出人はフィッセルさんにしとる。体のきつくて和訳文までは書ききれんやったけん……銀之助さん、あとは頼むばい」

「フィッセルの代わりに？　読んでよかか？」

丈吉は咳で返事をした。手紙を広げると、それはオランダ語で書かれたものだった。

はつねへ
僕の部屋から書物が無くなってからというもの、君との関係がぎくしゃくしてしまい、とても残念に思っている。僕は君を疑いたくはないが、状況的にどうしても君への懐疑心を排除出来ないでいる。そしてここのところ毎日、夜も眠れないほど苦しみ、悩んでいることを理解してほしい。
あと数日のうちに書物が戻らなければ、僕はこの件を甲比丹へ報告しなければならない。そうすれば奉行所にも知らされ、大々的な捜索が始まるだろう。そうなると、どれだけの人に受難が降りかかるのか、そう考えると胸が張り裂けそうだ。
もしあの書物が君に必要なら、短い期間なら貸してもいい。しかし、残念ながらあげることは出来ない。これは賢明な君にならら分かってもらえることだと思う。どうか僕の願いを聞き入れてほしい。

最後に心から君を思い、君のご家族に神のご加護があらんことを。

フィッセル

読み終えた銀之助は嘆息を漏らした。文面はおろか筆跡までフィッセルに似せていた。いやそのものだった。丈吉がフィッセルから遊女に出した手紙を和訳したのは、これまでにほんの二、三回しかないはずだった。

「よし。これからおいが和訳文ば書こう。そして、この手紙ば平次に届けさせよう」

丈吉が目を閉じて言った。

「はつねさんの親父さん、亡くなったとですね……」

「ああ。仕方なか。それが定めやったとたい」

「銀之助さん……。おいは、はつねさんは初めから返すつもりじゃなかったとかなって思うとです」

「ほう。なんでか?」

　丈吉は、かすれ声を繋げて言った
「あん人は、死期の迫った親父さんに本物ば見せるため……そして旅立った後に祈りば捧げるために持ち出したとじゃなかでしょうか?　本人も……ここまで大事になるとは思わんかったかもしれんですね」

「うむ。そういや、そのうち出てくる気がするなんて言うとったしな。それやったら、戻すとは明日が絶好の機会じゃなかか。え?　平次よ」

　銀之助が目を向けると、さすがの平次も話が見えてきたようで、大きく頷いた。

「よし平次。こん手紙、しかと頼んだぞ。そいで、この楢林銀之助が、この機ば逃がしたら浦上崩れどころじゃなくなるぞって言いよったとはっきり伝えろ。よかか?」

　浦上崩れと聞いて平次の顔つきが変わった。

「はい。ちゃんと言うときます」

「では丈吉、机と筆を借りるぞ」

銀之助は、手紙の和訳に取り掛かった。

翌朝、銀之助は早めに出島へ入った。夜が明けたばかりで、まだ通りには人気がほとんどない。主席書記部屋の前で立ち止まり、辺りをうかがうと一階の開き戸を静かに開けた。日頃から部屋の鍵はかかっていない。一度出島へ入ると意外に不用心なものであった。

銀之助は中に入り、祈るような気持ちで事務室の机の引き出しを開けた。打ち合わせ通りに聖書は中に置かれていた。銀之助は安堵の長い溜息を吐く。平次は商館員の朝食を作るためにまだ暗いうちから出島に来ていたのだった。

「誰かいるのかい?」

物音に気が付いたフィッセルが階段を下りてきた。昨夜もよく眠れなかったようで、髪は乱れ、目の下にクマが出来ている。銀之助は笑みを浮かべて聖書を掲げた。

「おはようございます。聖書がありましたよ」

「なんだって？」

フィッセルは驚きの声を上げると、ドタドタと階段を下りて駆け寄った。

「いったいどこにあったんだ？」

「この机の引き出しの中です」

「え？　なぜこんな所に？」

銀之助は聖書を手渡した。フィッセルは急いで中身の無事を確かめると顔を上げた。

「でも馬鹿な。一階も隅々まで探したんだ。もちろん、この引き出しの中も」

銀之助は静かに言った。

「貴方がここに置き忘れていた。そういうことにしませんか」

「え？　ギン。約束通り、聖書が無事に戻ったから僕は犯人を咎めないつもりだ。でも真相は知りたい」

銀之助は苦渋の色を浮かべた。

「犯人の名は出せません。ただ、はっきりと言えることは、けして誰も貴方を困らせたり陥れたりする意図はなかったという事です」

「では、なぜ聖書を？」

「フィッセルさん。もし、私に感謝の念があおりなら、これ以上は聞かないで下さい」

二人は暫し見つめ合った。

「そう……。君がそこまで言うのなら」

「ありがとうございます。そして忘れましょう。この一件は」

フィッセルは、ぎこちなく頷いた。

「分かった。けど、君の協力者っていったい誰なんだい？　オランダ人の気持ちにも日本人の気持ちにも、そして遊女の事にも精通しているだなんて、どれほどの人物なのかすごく気になっていたんだ」

銀之助は少し間を置き、誇らしげな顔を作って答えた。

「私の親友、そして弟の様な存在です。彼の名は、ジョウキチ・ドゥーフ」

七

通詞部屋で栄右衛門が銀之助に声をかけてきたのは昼過ぎだった。

「銀之助、奉行所の許可が下りたぞ。間もなく私と中山殿、それに警護の同心二名が随行してシーボルト先生を丈吉の家に連れて行く。お前は一足先に、ようさんにこのことを伝えに行け」

「分かりました。ありがとうございます父上」

銀之助は慌ただしく帰り支度をし、出島を後にした。

銀之助は急いだ。途中息が切れ、新大工町の手前にかかる大手橋の親柱に手をついて荒い呼吸を整えた。

下を見ると寒いなか川岸で、少し歳の離れた二人の子供が遊んでいる。銀之助はその光景を見て、子供のころ丈吉と近くの河川敷に座り込んで話をした記憶を思い起こした。

丈吉は優しい子供だったが、貧弱で近所の子供達からよく泣かされていた。

「丈吉、またいじめられたとか。やられっぱなしじゃだめぞ。少しはやり返さんば、なめられてまたやられるぞ」

「うん……。ばってん、おいは合いの子やし、母上も丸山の遊女やったけん、どげんしてもいじめらるんもん」

丈吉は、茶色い髪で緑がかった目をしていた。遠目でも混血児と分かる顔立ちだった。

「もっと自信ば持たんば。おいの父上が言いよらしたぞ。丈吉の父上はたいそう立派な甲比丹やったと。すごか和蘭辞典ば作ったり、長崎ん町ばエゲレス軍艦フェートン号の脅しから救ったり、戦争で一時消えたオランダ国の国旗ば出島で守り通して、あとで国王から賞牌ば貰うたりしたとげなぞ。すごかやっか」

「ばってん……父上はおいと母上ば置いてオランダに帰ってしもうたもん。なんで一緒に連れて行ってくれんやったとかな……なんで」

丈吉は、ぽろぽろと大粒の涙を流した。

ヘンドリック・ドゥーフがオランダに帰国が決まった際、十二歳の銀之助は帰宅した父の栄右衛門から書斎に呼ばれ、ある特命ともいえる言い付けを受けた。

「銀之助。ドゥーフさんがオランダに帰国する日が間近となった。だが出国すれば日本人妻のようさんと、息子の丈吉は出島から出らねばならん。ドゥーフさんはそれ相当の財産を残していくし、丈吉の将来も地役人に取り立ててもらうように幕府に願い出て聞き入れられておる。だが丈吉はまだ九歳。幸いお前は歳が近か。今後は我が弟のようになにかと面倒を見てやれ。これは父からだけでなく、お奉行を始め、全ての役人からの命だと思え」

銀之助は父の言葉を思い返し、丈吉の肩に手を回した。

「泣くなさ。日本の法で連れて帰られんやったけん仕方なか。そいに、実はおいも父上の妾の子やけん、家じゃ肩身の狭かとばい。兄上が叔父上の家に養子に行ってからは母上もおいには辛く当たる。まあ、本当のお母っさんが古川町におるけん、たまに内緒で会いに行きよるばってんな。はは」

丈吉は袖で涙をぬぐった。

「銀兄ちゃん。またいじめられたら助けてくれる？」

「おう、いつでん来るぞ。やった奴の顔ばよう覚えとけよ。倍にして返してやるけんな」


「――銀之助、ここでなんばしよる？」

背後から声をかけられ、振り返ると金十郎だった。

「あれ、兄上こそなんで？」

「おいも丈吉の事が気になってな。シーボルト先生は来てくれるとか？　だめならこっちの父上が診ても良いと言うとったぞ」

「いえ、大丈夫です。今、こちらに向かっておるころです」

「そうか。ならば、到着まではおいが付いておこうか。大したことは出来んが。行こう」

二人は久しぶりに肩を並べて歩いた。

「おい、母上とはうまくやりよるか？」

金十郎の問いに、銀之助は苦笑いで答えた。

「まあ、うまくやれ。今では、お前が跡取りなんやけん」

「ええ。――あの、兄上はシーボルト先生が開く蘭医学の塾に入るとですか?」

「いや、まだ決まっておらんが、ぜひ入りたかな。医学以外にも最新の蘭学ば教えてくれるらしかけんな。お前はどうや?」

「いや、おいはオランダ語とエゲレス語で精一杯です。そいに兄上のごと頭もようなかし」

「ふーん。そうか……」

話している間に丈吉の家に着いた。玄関に出てきたようは、フィッセルのようにやつれ果てていた。銀之助が励ましの声をかける。

「おばさん。シーボルト先生がもうすぐ往診に見えます。もう大丈夫ですよ」

「どげんですか、具合は?」

金十郎の問いかけに、ようは憔悴しきった顔で言った。

「昨夜から熱が引かんで、息ばするともきつかごたるです。目もうつろで話しかけても返事もあんましせんです……」

二人は部屋に通された。丈吉は青白い顔をして布団に横たわっていた。祖父、祖母が心配そうな面持ちで傍らに付いている。金十郎が顔を近づけて声をかけた。

「丈吉、おいが分かるか？」

丈吉は瞑目したまま返事をした。

「銀之助さん……聖……書は？」

「いかんな。意識も混濁しとる。顔色も悪い。ようさん、火鉢ばもう一つ用意して、湯ば沸かしてくれんね。もっと部屋ば暖めて、湯気で呼吸ば楽にしてやらんといけん。それと、出来るだけ痰ば吐き出すごとして。爺様と婆様は離れとった方がよかです。年寄りにはうつりやすかけん」

銀之助は後ろで呆然と立ち尽くしていた。

「おい銀之助、ぼさっとすんな。シーボルト先生ば急がせろ。早う」

銀之助は我に返り、枕元に近寄って言った。

「丈吉、安心しろ。書物は無事に戻ったぞ。今、シーボルト先生ば連れてくるけんな」

銀之助は足早に部屋を出て行った。

――聖書はもどったとか……良かった。それに、シーボルト先生が、わざわざ来てくださるとは……。

もうろうとした意識の中で、丈吉は半年ほど前、出島に商館医として着任したばかりのシーボルトと対面した時のことを想起していた。会いたいと申し出たのはシーボルトの方だった。

その日、七年ぶりに出島に入った丈吉は、大通詞の中山作三郎に出迎えられた。

「おお、丈吉。大きゅうなったな。今、唐物目利ばやりよるらしかな」

「はい。ご無沙汰しております」

中山はヘンドリック・ドゥーフが甲比丹をしていたころの専属とも言える通詞だった。就任中のドゥーフを陰で支えた人物である。

「ドゥーフさんをよく知る人が、お前を甲比丹部屋でお待ちかねばい」

丈吉は建物に懐かしさを感じながら、中山と共に応接室がある二階に上がった。

部屋に入ると、まず甲比丹のブロンホフが出迎えた。ドゥーフの元部下であり、栄右衛門らオランダ通詞に英語を教えた人物でもあった。七年前にドゥーフの交代員として来日しているので、丈吉とも面識はあった。

「やあ、丈吉。見違えるほど立派になったね。お母さんは元気かね?」

中山が通訳したので、「はい。元気です」と日本語で答えた。ブロンホフは笑みを浮かべ、横に立つ背の高い人物を紹介した。

「彼の名はフィリップ・フランツ・フォン・シーボルト。今回就任した商館医だ。アムステルダムで君のお父さんと面談し、意気投合したらしくてね。ぜひ息子の君にも会いたいと言うから、今日は来てもらった次第なんだ」

シーボルトはこの時二十七歳。彼が持参したオランダ東インド会社総督から長崎奉行宛の親書の中には『優秀な外科医であり、かつ、すぐれた科学者であるから優遇してほしい。彼はきっと日本のために役立つでしょう』と書かれていたほどだった。シーボルトは右手を差し出して言った。

「初めまして、シーボルトです。君のお父さんには大変お世話になった。ドゥーフさんは長崎をとても懐かしがっておられたよ。それにしても、よくお父さんに似ているね」

中山が通訳しようとしたとき、丈吉は一歩前に出てシーボルトと握手を交わした。

「初めましてシーボルトさん。貴方のことは父からの手紙で知っています。とても優れた人材であると書いてありました。お会いできてとても光栄です」

流暢なオランダ語だった。中山は舌を巻き、目を瞬いた。

「こ、こいは参った。わしなんぞ、おらんでもよかったではなかか」

「ん？　驚いた顔をして、彼はなんて言っているのかね」

「はあ。僕がオランダ語でしゃべると、ご自分の立場がないと……」

甲比丹部屋に笑い声が響いた。その後、帰国後のドゥーフの貿易会社役員としての暮らしぶりや、丈吉やように対する思いなどを聞かされた。丈吉は父の愛情が変わりないことに安堵し、同時にシーボルトにどこか父と同じ匂いを感じて親近感を覚えた。

――シーボルトさんにまた会える。

丈吉の胸中に一筋の光明が差し込んだように思えた。

銀之助が玄関で草履をはいていると、門前に駕籠が止まった。そこにはシーボルトの姿があった。

「先生、こちらです」

銀之助が声をかけると、シーボルトは鞄を抱えてのっそりと降りた。

「ふう。駕籠というのは乗り心地が悪いな」

シーボルトが背筋を伸ばしていると、栄右衛門ら徒歩で来た随伴者らも到着した。

「先生、丈吉の容態が思わしくありません。急いでください」

「なに？　そんなに悪いのか？」

シーボルトは靴のまま上がろうとするのを銀之助に止められ、面倒そうに靴を脱ぐと出迎えたように奥へと通された。

シーボルトは部屋へ入ると、布団に横たわる丈吉の様子を見て息を呑んだ。

「風邪をこじらせて肺炎を起こしているようだとは聞いていたが、ここまでとは……」

丈吉の顔はすでに唇まで血の気を失い、紫色に変色していた。シーボルトは顔を覗き込んで言った。

「いかん。チアノーゼを起こしている」

「もう痰も吐けませんし、薬を飲むことも出来ません。肺胞に水が溜まっているのかもしれません」

金十郎が、これまで投与された薬や施した処置を説明し、栄右衛門が通訳した。

「失礼ですが、貴方は?」

シーボルトの問いに、銀之助が蘭方医見習の兄だと説明した。

「そうですか。その処置で問題ありません。これから手を貸してもらえませんか?」

「はい。喜んで。私はオランダ語も多少は分かります」

「うむ。では、ほかの人は別の部屋に居て下さい。気が散るし、病が感染する恐れもある」

シーボルトの言葉に一同は居間に移動した。

憂色を隠せないようが、栄右衛門に尋ねた。

「丈吉は助かるとでしょうか?」

栄右衛門は溜息交じりに答えた。

「分からんが、厳しい状態であることには違いなか。もう処置は限られとるやろうけん、あとは丈吉の気力と体力次第ですたい」

ようが涙を浮かべ、吐き出すように言った。

「あん子は子供の頃から合いの子、遊女の子って言われて回りからずっと蔑みば受けてきたとです。でも、ようやく体も大きゅうなって、皆様のおかげで唐物目利にもなれたとです。これからなんです。これからお役目に奉仕して、嫁ばもろうて……。こいで人生の終わったら、何のために生まれてきたか分からんじゃなかですか」

悲嘆に暮れるようの言葉に、部屋は静まり返った。銀之助は、たまらなくなり外へ出た。日が傾いており、冷気が身に染みた。銀之助は自分の無力さに失望し、庭石に腰かけてこぶしを握り締めた。

――おいに出来ることはなかとか。なんか丈吉ば元気づけてやれることは……。

家からようのすすり泣く声が聞こえてきた。その嘆きが耳朶に触れたとたん、銀之助はなぜか、はつねの顔が浮かんだ。考えるより先に体が動き出す。

──そうたい、はつねから直に声をかけられたら。

銀之助は立ち上がると、走って門を飛び出して丸山へ向かった。

八

丸山に着くころには日が暮れていた。思案橋を渡ると、各遊女屋の軒先には無数の提灯に火がともされ、牛太郎（客引き）が往来する男たちに声をかけていた。店の表通りに面した格子の中には遊女が控えているが、そのほとんどは無表情に近い。

銀之助がその前を通ると、遊女たちは色目というよりは、何かを訴えるような視線を投げかけてくる。だが、今の銀之助にはそれに構う暇はない。

丸山へは友人らに誘われて数回来たことはあるが、ほんのお遊び程度で通い詰めるようなことはなかった。もっとも遊郭の出入りは息子に厳しい父、栄右衛門がいい顔をしない。

伊万里屋へは行ったことはないが、場所は知っていた。牛太郎たちの執拗な誘いを無言で交わしながら銀之助は足早に歩を進める。

伊万里屋は寄合町の玉泉神社近くにあった。銀之助は店の前にいる牛太郎に声をかけた。

「おい、はつねはおるか?」

牛太郎は、きょとんとした顔で言った。

「はつねですか? おりますばってん、あれは出島行きやけん、遊べんです。ほかにもよか娘がたくさんおるですよ」

「おいは遊びに来たとじゃなか。はつねに用のあってきた。会わせろ」

牛太郎は眉を寄せた。

「あんた冷やかしね? 遊ばんならよそに行ってくれんね」

「お前じゃ話にならん。店主ば出せ」

銀之助は刀をつかもうとしたが、刀は丈吉の家に置いたままだった。仕方なく脇差しを持って睨む。

「なんや、もめ事か?」

店から目つきの鋭い男が出てきた。男衆のようである。肩を怒らせて迫ってきた。

「お前、どこん者や? 店ん前でのぼせた真似すんなよ。怪我すっぞ」

「おいは出島のオランダ通詞たい。はつねに用のあってきた」

出島と聞いて、男衆の動きが止まった。

「あんた、出島からの使いね？」

「あ？　そうさ。甲比丹の使いで来た。会わせんと、出島乙名から奉行所に注進のいくぞ」

男衆は表情を和らげた。出島のオランダ人は、遊女屋にとって大のお得意様なのである。

「使いやったら早う言わんね。今、旦那とはつねば呼んでくるけん、店に入ってくれんね」

伊万里屋は二階建てであった。銀之助は男衆に案内され、一階の奥にある殺風景な部屋に通された。

「すぐ来ると思うけん、待っとかんね」

男は行灯に火をつけると、ふすまを閉めた。銀之助は部屋の真ん中に置かれた小さなちゃぶ台の前であぐらをかいて待った。部屋には火の気のない火鉢と煙草盆が並んでいるだけだった。男衆や牛太郎の詰め所だろうか。

どこからか三味線の音や男女の笑い声が聞こえる。そんな空気とは裏腹に、銀之助はこれまでに経験したことのない焦燥感に駆られていた。丈吉は助かるのか。そして、店主と共に現れるはつねに、これからどうやって話をし、丈吉の元へ連れ出せるのか？ まず、はつねは丈吉の事を全く知らない。

そして、フィッセルが呼んでいるという事にしても、遊女の出島への出入りが夜間禁じられていることは遊女屋でも常識である。仮に出入りが可能という事にしても、遣り手の女や禿も必ず同行してくる……。

銀之助はあれこれと考えを巡らせたが、妙案は浮かばなかった。ちゃぶ台の上で両手を組み、ぶつぶつ呟いているとふすまが開いた。

銀之助が顔を上げると、初老の男が愛想笑いを浮かべて入ってきた。

「これは通詞さん。お役目ご苦労様です。私は伊万里屋の主、石井半兵衛と申します。はつねに御用があおりと聞きまして、ここに連れてまいりました」

銀之助も正座し、頭を下げてから言った。

「伊万里屋さん、突然すみませんです。今宵は火急の用がありましてお邪魔しました」

「そうですか。ここんとこ出島からお呼びがかからんもんやけん、はつねが何か粗相ばしでかしとらんやろかと心配しとったところで……さあ、中に入って通詞さんと話ばせんね」

　半兵衛に促され、はつねが後ろからゆっくりと部屋へ入ってきた。店では客を取らなくて良いせいか、地味な小袖を着ていた。はつねは視線を合わせずに膝をつくと平伏した。出島で見た時とは違い、どこか陰りがあった。傍らに座った店主が言った。

「甲比丹からの使いと聞きましたが?」

　銀之助はすぐに言葉が出なかった。顔が火照ってくる。

「いや……えと、甲比丹でなく主席書記のフィッセルさんでした。言い間違えです」

「あっそうですか。で、フィッセルさんは、はつねに対して何かお怒りなのでしょうか?」

「いえ。その件ではフィッセルさんの方に誤解があったそうです。それで、わたしに謝ってきてほしいと伝言ば頼まれまして来た次第でして」

半兵衛は相好を崩した。

「そうですか。それではまた、はつねは出島に呼んでいただけるとですね？」

銀之助は笑みを作って頷いた。たとえ今後フィッセルが呼ばなくなったとしても、はつねに目を付けているオランダ人は一人や二人ではない事を銀之助は知っている。

「そいにしても、いったいどげん誤解があったとでしょうか？　はつねに聞いても何も言わんもんですけん」

はつねは、無言で視線を斜めに向けたままだった。

「あー、わたしも詳しくは知らんですが、はつねへの伝言は承っております」

「ほう。そいは、どげん内容で？」

ここで銀之助は機転を利かせた。

「いえ、こいはフィッセルさんから、ほかの人に聞かれないようにとの強い要望があってですね。申し訳ありませんが、少しの間、二人だけにしてもらえんですか？」

「はあ、分かりました。まあ、こちらとしてはまた出島に呼んでもらえるごとなればよかです。なんせこの店の出島行きは、はつねだけですけんね。では、茶の用意でもしてきましょう」

半兵衛が出て行くと、銀之助はほっと息を吐いた。はつねはまだ態度を変えていない。

銀之助は膝を崩し、はつねに体を向けた。

「さてと。まず、親父さんは残念やったな」

「……」

「しかし、お前も大胆なことをしたもんたい。発覚した時の事ば考えんかったとか?」

はつねは固い表情のまま視線を上げた。

「さっき通詞さんは、フィッセルさんが誤解しとったと言わしたばってん、あん人は誰が書物ば持ち出したか、もう知っておられるとでしょう?」

「いや、おいは犯人の名は言うておらん。フィッセルさんが事務室に置き忘れとったという事にしてもらっとる。もちろん本人も承諾してくれて、犯人捜しはせんと言うてくれた」

はつねは真顔で、大きな瞳を広げた。

「なんでですか？　国外追放になるかもしれんやったとですよ」

「あん人は最初からおいに内密に書物ば探してくれと言うた。そして誰も苦しめたり傷つけたりしとうなかとも言うた。そげん人たい」

「なら、誤解って何ですか？」

「そいはおいの作り話たい。実は、これからお前に会ってもらいたか人物のおる。店主に申し出るけん、一緒に来てほしか」

「フィッセルさんの所ですか？」

「いや、出島じゃなか。新大工町たい。そこに今にも息絶えそうな病人のおる。その男に、励ましの声ばかけてほしか」

「誰ですか？　うちは新大工町に知り合いはおらんですよ」

「面識はなかはず。ばってん、今までお前がものすごう世話になった人物たい。そして今回の件も、そん男が穏便に済むよう知恵ば出してくれたとたい」

　はつねは首をひねった。

「会ったこともなかとに世話になった？　見当もつかんですけど」

「手紙たい。お前がフィッセルさんとやり取りしとった手紙ば、オランダ語や日本語に訳してくれよった男たい」

「え？　そいじゃあ、昨夜の手紙も……」

「あれは、そん男がフィッセルさんに成り代わって書いたとたい。和訳文はおいが作った。お前や浦上村の村民のことば思うてな」

「え？　あん手紙はフィッセルさんが書いたとじゃなかとですか？」

「実際にはな。ばってんがフィッセルさんが書いても、同じような手紙になったに――」

　はつねは、見る見るうちに気色ばむと声を上げた。

「あんたたち、うちば騙したとね？」

「いや、騙すとかじゃのうして、時もなかったけん、うまく事が運ぶようにしたとやっか」

「ふん。余計なことせんでも、あん書物はそのうち返すつもりやった。そいば引っかき回したとはあんたたちやかね」

「ば、馬鹿を言うな。もし奉行所に知らされたらどうなっとったか、分かるやろう」

「ふん。そいで恩着せがましく、知らん病人の所に行って声ばかけろて言うとね。誰ね？　通詞ならたいてい顔は知っとるよ」

「いや、通詞じゃなか。そん男の名前は道富丈吉。先々代の甲比丹の息子たい。名前くらいは聞いたことがあるやろう」

　はつねは意外という顔をした。

「ドゥーフて言うたら、あのフェートン号が来た時の甲比丹の子？　たしか母親は丸山遊女……。そんならまだ若かとじゃなかとね」

「ああ。数えの十七たい」

「そげん若かとに、なんの病気ね？」

「流行り風邪ばこじらせて肺ばやられとる。お前の親父さんも労咳やったとなら、苦しみよる姿は想像がつくやろう。お願いやけん、会って声をかけてやってくれんか」

「ばってん、うちが会わんばいけん理由の分からん」

「あいつは、丈吉はお前の手紙ば訳しよるうちに、文の優美さと相手を思いやる言葉に惹かれたていったごたる。そのうち、まるで自分が手紙をやり取りしよるような気になっていったとやろう。そして、会ったこともなかお前に恋心ば募らせていった……」

　はつねは冷笑を浮かべた。

「文に惚れたって？　うちは遊女ばい。客ば取るためやったら心にないことも書くし、そいに、遊女屋には殿方に出す文のお手本があるとよ。うちはただ、ほかの人より時ばかけて手本にある言葉ばつなぎ合わせて書きよっただけばい。なんなら、遊女やったそん人のお母っさんに聞いてみればよか」

「そげんこと今はどうでもよか。なあ、お願いやけん、丈吉の所へ行って励ましてやってくれ。頼む、こん通り」

「じょう……」

　はつねは、ゆっくりと立ち上がった。

「冗談じゃなかばい。こいば見てみらんね」

　ぱっと着物の裾をたくし上げた。大腿部があらわになり、銀之助は面を食らう。白い脚のあちこちに長い青あざがあった。

「あんたたちが余計な事ばするけん、うちは出島に呼ばれんごとなって店主に竹刀でいっぱい叩かれたとよ。こいじゃ当分商売も出来ん。そいに、のこのこ見舞いに行って流行り風邪でもうつされたら店にも大迷惑のかかるやかね。誰がそげん所へ行くもんか」

銀之助は手をついて食い下がる。

「ほんの束の間、ほんの一言でよかけん……」

「しつこかね。そげん病人の所にやら店主も絶対に行かせるはずがなか。言うだけ無駄ばい。もう、帰ってくれんね」

銀之助は頭を下げ続けた。

九

シーボルトは、沈痛な面持ちで丈吉の手を握っていた。

「丈吉、頑張ってくれ。君を死なせてしまったら、私はドゥーフさんに顔向け出来ない。それに君は出島で私に言ったじゃないか。いつかオランダに行くのが夢だと。その日はいつかきっと来る。だから、なんとか乗り越えるんだ」

シーボルトは懸命に手を尽くしたが、丈吉の容態は回復しなかった。もう片方の手首に親指を当てていた金十郎が小声で言った。

「先生、脈が弱まってきました」

「……ここまでか。君、ご家族を集めてくれ」

そこへ銀之助が息を弾ませながら現れた。丈吉に近づくのを金十郎が制止する。

「おい、向こうへ行ってろ」

「手紙ば、はつねから手紙ば預かってきたとです。丈吉が惚れとった女子です。どうか、耳元で読ませてください」

　シーボルトが尋ねた。

「銀之助、そんなに慌ててどうしたのかね？」

「先生。丈吉が思いを寄せていた娘から見舞いの手紙を預かってきたんです。お願いします。丈吉に読んで伝えたいのです」

「そうか。ぜひ読んでやってくれたまえ」

　シーボルトは銀之助と身を入れ替えた。銀之助は手紙を差し出した。

「丈吉、ほら、はつねがお前に手紙ば書いてくれて、おいが預かってきたぞ」

　銀之助は薄目を開けて手紙に目をやった。宛名には見慣れた美しい文字で、道富丈吉様と認めてあった。

　居間にいた家族も入ってきた。その後ろ側に同心の姿があるのを銀之助は見落とさなかった。

「丈吉、はつねはおいにこう言うた。読んで聞かせるときに回りに人がおったら恥ずかしかけん、そん時はオランダ語で読んでほしかと。そん通りにするぞ。まあ、オランダ語の分かる人も何人かおるばってん、そこはしょうがなかたい」

銀之助は手紙を広げ、オランダ語に訳して読み始めた。

道富丈吉様

この度は、罪深き私のために大変ご尽力を頂き、感謝の念に堪えません。お陰様で父も安らかに天に召され、葬儀も無事に終えることが出来ました。

また、これまでも私のやり取りする手紙を丁寧に訳して頂いていたと耳にし、重ねて深謝申し上げます。

本日銀之助さんにお聞きしたところ、丈吉さんにおかれましては数日前より病床に伏せておられるとの由、何卒ごゆっくりと静養され、一日も早く全快されることを私も神に祈っております。

本来ならば直接出向かねばならないところ、ご療養のお邪魔になってはいけませんので、略儀ではございますが文をもってお見舞いと、これまでの御礼をお伝え申し上げます。

お元気になられた暁には直にお目にかかり改めてご挨拶をさせて頂きたいと

思います。
聡明でお優しい丈吉さんにお会い出来る日を心待ちにしております。
貴方様に神のご加護がありますように。
十八日
はつね

読み終えた銀之助は手紙を枕元に置いた。

「おい、はつねはお前に会いたがっとったぞ。早う良うならんば。そいでさ、金は全快祝いはここにおる皆と、はつねも呼んで盛大にやろうで。そう、金はフィッセルさんに出してもらうか。ようけ使わされたけんな。あはは……」

丈吉の紫色に変わっている唇の端がわずかに上がった。銀之助は血の気が失われた丈吉の顔を見つめながら、四半刻ほど前の伊万里屋の出来事を思い返していた。

「——もう出て行ってくれんね。人ば呼ぶよ」

「いや、このままじゃ帰れん」

はつねと銀之助が押し問答していると半兵衛が戻ってきた。

「どげんしたとね？　玄関口まで声の聞こえよるばい」

銀之助は半兵衛に、フィッセルの手紙を訳している人物が危篤状態にあり、その男ははつねに気があった。だから見舞いに行かせてほしいと正直に頼んだ。だが、病が流行り風邪と聞くと、半兵衛は拒んだ。

「今年の流行り風邪はたちの悪かて聞きます。うちは大所帯ですけん、うつされて広がったりしたら大事です。勘弁してくれんですか」

銀之助は、はつねを連れ出すことを断腸の思いで断念し、その代わりに一分銀を差し出して丈吉宛に手紙を書いてほしいと頼んだ。それでもはつねは渋ったが、半兵衛に言い付けられて仕方なく書いたのだった。


「丈吉、しっかりしなさい！」

枕元に来たようが、嗚咽混じりに叫んだ。

その声が聞こえたのを最後に、丈吉は目も耳も塞がれたように感覚を失くしていった。だが、意識はわずかに残っていた。

――おいは、死ぬとか……。シーボルト先生が診ても駄目ならしょうがなかな。これがおいの定め……。

悔しさや未練の念は沸き起こらなかった。代わりに丈吉は夢を見た。それはドゥーフが日本を去る直前に、甲比丹部屋のバルコニーで父子が語り合った時の追憶だった。

くんち祭りの頃だった。ドゥーフは出島の沖に錨泊するオランダ船を指して言った。

「丈吉、お父さんはもうすぐ、あの船に乗ってオランダに帰らないといけない。すごく辛いが、どうしようもないことなんだ。分かってくれるね？」

「いやだ。僕も一緒に行く」

丈吉はドゥーフの腕にしがみついた。

「お父さんを困らせないでくれ……。お母さんの事を頼んだよ」

「もう、長崎には来れないの？」

「戻って来れるよう努力はする。だが、いろんな制約があるから難しいかもしれない」

丈吉はドゥーフの胸を叩いた。

「そんなの嫌だ」

「手紙を書くよ。丈吉も返事を出しておくれ。お父さんは日本語があまり読めないから、オランダ語で頼むよ」

「うん……」

「だけど丈吉、悲観することはない。近い将来、日本は開国するだろう。日本にその気がなくても、世界情勢がそうさせる。その時は丈吉、お母さんと一緒にオランダに来てくれ。その日が来るのを楽しみにしているよ」

「オランダで、また一緒に住めるの？」

「そうさ。でもまだ何年か先になるだろう。それまで長崎でしっかり暮らすんだよ。まずお金の心配はいらない。そして、幕府には丈吉が大きくなったら、オランダ人に関わりのない地役人に取り立ててもらうようお願いし、許しを得ているからね」

丈吉は不思議そうな顔をして聞き返した。

「オランダ人と関わりのない？　僕は出島でオランダ通詞になるんじゃない

の？」

ドゥーフは丈吉の肩に手をやり向き合った。

「丈吉。もしお前が通詞など出島で働く地役人になったら、日本人とオランダ人との間に問題が発生した時、混血児のお前は必ず板挟みとなり苦しむことになるだろう。甲比丹の職にあるオランダ人の私でさえ、そういうことがたびたびあった。お前にそんな苦労はさせたくない。道富丈吉と名乗り、オランダに来るまでは日本人として生きるのだ。いいね」

「はい」

深い闇に引きずり込まれていくような意識の中で丈吉は思った。今回の騒動で銀之助の立場を目の当たりにし、初めて父の真意が分かったと。

丈吉の右目から一筋の涙が流れ落ちた。

——父上、ありがとう。母上、銀兄ちゃん、はつねさん。みんな、ありがとう……。

「ああ、脈が。丈吉、逝くな！」

シーボルトの悲痛な叫びも空しく、丈吉はそのまま息絶えた。数奇な運命をたどった短い生涯であった。

シーボルトが力なく首を横に振ると、ようと祖父母が丈吉を囲むように大声で泣き伏した。栄右衛門と金十郎、同心らも涕泣した。

「なんということだ。ドゥーフさん、申し訳ありません。私は、貴方の大切な息子を救えなかった」

シーボルトは、打ちひしがれたような垂れた。

銀之助は丈吉の足元に座ったまま愕然としていた。目に映るものすべてが歪んで見えた。

――丈吉が死んだ。丈吉が死んでしもうた。昨日まで話が出来たとに。ようやく聖書の件が解決したとに。もっとこれから一緒にやりたいことがあったとに……。

銀之助は畳に拳をぶつけた。

「おいが、もっと早うシーボルト先生ば呼んどったら丈吉は死なんでよかった。おいが悪か。おいのせいたい。丈吉、すまんー」

銀之助は布団に顔をうずめて慟哭した。シーボルトが諭すように言った。

「銀之助、自分を責めはいけない。君が泣けば丈吉も悲しむ。君は、丈吉の分まで懸命に生きるのだ、自分の進むべき道を。それが一番の弔いになるんだよ」

銀之助の号泣する声が家中に響いた。

十

丈吉は長崎三大寺の一つに数えられる晧台寺の後山に葬られた。墓碑の右の花立石には母の紋である揚羽蝶が、左側の花立石には父であるヘンドリック・ドゥーフの頭文字、HとDを組み合わせた花文字の紋が刻まれた。丈吉の死を知った長崎の人々は、その悲運な早世を悼んだ。

丈吉の死から三か月が過ぎ、百箇日法要も終えて家族や知人たちの悲しみも徐々に癒されつつあった。

旧暦の五月に入り、長崎の町は梅雨を迎えていた。この頃シーボルトは鳴滝に念願の診療所兼学塾を開いた。鳴滝塾と称し、そこには日本全国より優秀な若い門人が集まった。

シーボルは医学を始め自然科学全般の講義を行った。授業は基本としてオランダ語で進められ、その通訳兼補佐として栄右衛門が就いた。ある朝、栄右衛門はシーボルトに尋ねてみた。

「先生、日本人生徒の感想はいかがですか？」

シーボルトは名簿を見ながら答えた。

「優秀な若者ばかりで教え甲斐がありますよ。ただ、ここに丈吉の名がないのは残念です。それで気になっているのですが、丈吉の件をドゥーフさんに知らせる手紙は、今年やってくるオランダ船に託すんですよね？」

「ええ。お奉行はドゥーフさんと親しかった中山殿に手紙を書くように言われたのですが、こんな不幸事はとても書けないとご辞退されたようです。どうやら私に、その役目が回ってきそうです。私とて気乗りはしませんが」

シーボルトも当惑の色を浮かべた。

「私もドゥーフさんとの交流や丈吉を看取った関係上、どう知らせればよいか迷っているのです。何度ペンを握っても一向に進まない」

しばらく沈黙が続き、栄右衛門が口を開いた。

「では、二人で中身を考え、連名で手紙を出すという事にするのはどうでしょうか？」

「ふむ。そうですね……。そうしましょう」

二階の書斎でコーヒーを飲み終えた二人は、階段を降りて一階の教室へ向かった。建物の外観は日本風だが、内部の床は板張りに張り変えられ、ガラス障子が立てられてある。家具や机も洋風に設えてあった。

教室の扉を開けると門人の一同は起立し、低頭した。

「みなさんおはよう。――ではさっそく、臨床医学の講義を始める。先週この時間に、牛痘種痘による天然痘への予防効果について話をしたが、その製造過程と保存についての注意点をもう一度、誰か述べてほしい」

栄右衛門が通訳すると、二十人ほどいる門人のほとんどが手を上げた。最初に手を上げたのは前席の金十郎だった。

「ただし、オランダ語でだ」

シーボルトの注文に、門人たちは顔を見合わせながら次々と手を下ろしていった。しかし、一番後ろに座っている男の手だけはまっすぐ伸びたままだった。シーボルトは微笑してその男を指した。

「では楢林銀之助、答えなさい」

一同から注目を浴びた銀之助は、緊張気味な面持ちで席を立った。

「Ja.ten eerst.de productie……（はい。まず、製造については……）」

栄右衛門は、二人の息子の成長ぶりに頬が緩みそうになるのを堪え、窓辺から顔を外へ向けた。あいにくの雨模様だったが、庭に咲くアジサイの花弁が鮮やかに映えていた。

もうじき南風に乗り、バタヴィアからオランダ船もやってくるだろう。


（了）

◎参考文献
『ドゥーフ　日本回想録』新異国叢書　永積洋子 訳（雄松堂、二〇〇三）
『出島遊女と阿蘭陀通詞』片桐一男（勉誠出版、二〇一八）
『阿蘭陀商館物語』宮永孝（筑摩書房、一九八六）
『復元！江戸時代の長崎』布袋厚（長崎文献社、二〇〇九）
『夢暦長崎奉行』市川森一（長崎文献社、二〇〇五）
『犯科帳の世界』森永種夫（長崎文献社、一九六二）
『長崎地役人総覧』籏先好紀（長崎文献社）
『新釈犯科帳 第一巻、二巻、三巻』安高啓明（長崎文献社）

『江戸の芸能と文化・丸山遊女犯科帳　宮本由紀子』西山松之助先生古希記念会（吉川弘文館、一九八五）
浜田泰三『シーボルト　長崎・出島のオランダ医者』
http://ktymtskz.my.coocan.jp/forin/bolt1.htm

あとがき

小説を書き始めて三十年近くになる。筆を執った当初はまだ二歳だった双子の子供がそれぞれ結婚し、孫もできたことを考えればそれなりの歳月の流れと感慨を覚える。

今回の出版は私が還暦を迎えるにあたり、その記念と今後も小説を書き続けるという決意を形として示させてもらった。この本が読者の皆様の心に残る作品となれば幸甚である。

『奉行と甲比丹』は史実であるフェートン号事件を当時の出島商館長（甲比《カピ》丹《タン》）、ヘンドリック・ドゥーフの視点で描いた。これまでもフェートン号事件は、直木賞作家の白石一郎氏の『切腹』などの小説や戯曲で多数描かれているが、私はそれらと一線を引くため、そしてドゥーフという男に魅せられたこともあり、あえてオランダ人の彼を主人公とした。

『阿蘭陀恋文』ではドゥーフが日本に残した愛児、道富丈吉にスポットを当てた。混血児として生まれ、史実でも早世したと記録があるこの少年の儚い人生は資料に乏しく、ドゥーフの帰国時の願い通りに唐物目利役として地役人に登用されたことや病死であったことくらいしか分からなかった。

しかしその反面、シーボルトの来日に合わせてイメージを膨らますことができた。作中では病に侵されて身動きが限られるために、主人公を親友であり兄貴分の楢林銀之助とし、エンターテイメント色の強い作品に仕立てた。

ちなみに銀之助のモデルとなった人物は、阿蘭陀通詞の名門である楢林家の九代、楢林鉄之助であり、父親なども実在した楢林家の人物をモデルとさせてもらった。

最後に、これまでに私の執筆活動に理解を示し、温かい目で見守ってくれた身近な人たち並びに九州文学同人の諸氏、恩師である故・白石一郎氏に深謝したい。そして、出版にあたって多大なご尽力をいただいた長崎文献社の皆様と、素晴らしい装画を描いて下さった方にも厚く御礼を申し上げておきたい。

二〇二三年早春

中野和久

著者略歴

著者　中野　和久（なかのかずひさ）
昭和38（1963）年　長崎市生まれ　放送大学卒
九州郵船株式会社勤務（機関長）
九州文学同人
九州芸術祭文学賞　北九州市地区優秀作（最終候補）七回
「テッポウさん」で第四回安川電気九州文学賞大賞を受賞
福岡県北九州市在住

奉行と甲比丹

発行日	2023年 2月 1日　初版第1刷発行
著者	中野　和久
発行人	片山　仁志
編集人	山本　正興
発行所	株式会社 長崎文献社 〒850-0057 長崎市大黒町3-1　長崎交通産業ビル5階 TEL. 095-823-5247　FAX. 095-823-5252 ホームページ http://www.e-bunken.com
印刷所	モリモト印刷株式会社

ISBN 978-4-88851-380-7　C0093　¥1200E